写给孩子的
宁波红色故事

中共宁波市委党史研究室 编

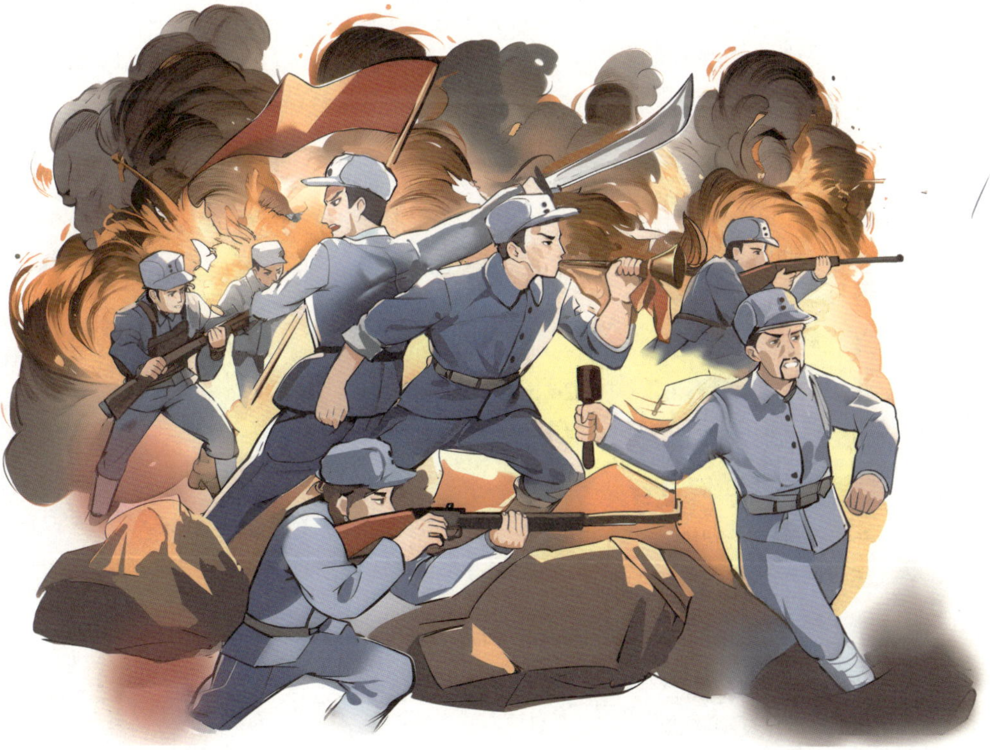

宁波出版社
NINGBO PUBLISHING HOUSE

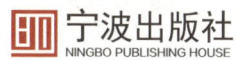

图书在版编目（CIP）数据

写给孩子的宁波红色故事 / 中共宁波市委党史研究室编. -- 宁波：宁波出版社，2025.3
ISBN 978-7-5526-5252-9

Ⅰ．①写… Ⅱ．①中… Ⅲ．①革命故事－作品集－中国－当代 Ⅳ．①I247.81

中国国家版本馆CIP数据核字(2023)第246728号

写给孩子的宁波红色故事
XIE GEI HAIZI DE NINGBO HONGSE GUSHI

中共宁波市委党史研究室　编

出版发行	宁波出版社
地址邮编	宁波市甬江大道1号宁波书城8号楼6楼　315040
执　　笔	光　正
装帧设计	宁波迪墨文化
策划编辑	高一君
责任编辑	刘亚琦
责任校对	虞姬颖
开　　本	787mm×1092mm　1/16
印　　刷	宁波白云印刷有限公司
印　　张	15.75
字　　数	200千
版　　次	2025年3月第1版
印　　次	2025年3月第1次印刷
标准书号	ISBN 978-7-5526-5252-9
定　　价	48.00元

如发现缺页或倒装，影响阅读，请与出版社或印刷厂联系调换
电话：0574-87248279（出版社）
　　　0574-87328764（印刷厂）

前 言

一寸山河一寸血，一抔热土一抔魂。宁波是具有光荣革命传统的红色热土。1925年初，党在宁波最早的地方组织——中共宁波支部诞生，由此点燃了四明大地的革命之火。大革命和土地革命战争时期，党领导宁波人民兴起工农运动，开展了轰轰烈烈的武装反抗反动统治的斗争。抗日战争时期，以四明山为中心的浙东抗日根据地是全国十九个解放区之一。解放战争时期，宁波地方党组织积极重建革命武装，恢复四明根据地，使之成为南方七大游击战争根据地之一的浙江东部南部游击根据地的重要区域。在这一历程中，宁波涌现了一大批可歌可泣的英雄人物，他们为宁波乃至全国的解放做出了不可磨灭的贡献。同时，宁波也是杰出科学家的摇篮，周尧、童第周、谈家桢等科学巨匠以他们的卓越成就和爱国情怀，为国家的科技进步和民族振兴贡献了自己的智慧与力量，续写着宁波这片红色热土的辉煌篇章。

历史是最好的教科书，也是最好的清醒剂。习近平总书记强调："要讲好党的故事、革命的故事、根据地的故事、英雄和烈士的故事，加强革命传统教育、爱国主义教育、青少年思想道德教育，把红色基因传承好，确保红色江山永不变色。"讲好红色故事，既是新时代的使命召唤，又是党史工作者的职责所系。长期以来,宁波党史部门致力于挖掘革命史料、编撰红色文献,推出了《中国共产党宁波历史(第一卷)》《中国共产党宁波历史(第二卷)》《中国共产党宁波历史(第三卷)》《百年追梦》《百名英烈》《张人亚》等一批研究成果,传播红色文化,传承红色基因,赓续红色血脉。

为进一步加强对青少年的革命传统教育、爱国主义教育、社会主义核心价值观教育,推动党史学习教育进校园、进课堂,中共宁波市委党史研究室经过挖掘整理,立足史实和青少年视角,从宁波大批革命先烈和英雄模范人物的光辉事迹中撷取具有代表性、故事性和富有教育启迪意义的人生片段,编写了50个惊心动魄、感人至深的红色故事,生动再现了一个个鲜活的英雄形象。为了增强本书的实践性,编者还增加了"人物档案""红色之旅"等内容,鼓励青少年"跟着书本去旅行",到红色遗址、纪念场馆等地缅怀先烈,感悟革命先辈的信念追求,感悟共产党人的初心使命,使青少年懂得和平幸福生活的来之不易,从实践体验中激发斗志,树立起为中华民族伟大复兴而奋斗的崇高人生目标。

作为一本通俗有益的党史普及读物,希望《写给孩子的宁波红色故事》能够陪伴青少年健康快乐成长。

目录

星火燎原
党章守护人 2
青年的良师益友 8
卓兰芳的密信 12
从容赴难的卓恺泽 17
明州双英 21
红十三军的"赤脚大仙" 27
四明山上的鹰 31
以笔为刃的文化战士 34

书生意气
书生的兴农梦 40
要将投袂兴神州 45
硬气书生 50
红色工程师 55
"功比大禹"的红色翻译家 59
朱洪山的"公馆" 64
"比小草还小"的大翻译家 69

巾帼英雄

"阿庆嫂"朱凡 —————————————————— 74
舍生取义的联络员 ————————————— 79
党的好女儿肖东 —————————————— 83
"谢团长"的辣椒计 ————————————— 88
深入虎穴的女市委书记 —————————— 93

鱼水情深

众家姆妈 ——————————————————— 98
建岙妈妈 ——————————————————— 103
四明山妈妈 ————————————————— 108
南渡浙东第一船 —————————————— 111
宁死不交出儿子 —————————————— 116

革命情谊

别了,哥哥 ————————————————— 120
信仰的微笑 ————————————————— 125
桃花岭之恋 ————————————————— 130
17朵小红花 ————————————————— 133
一缕青丝诉衷情 —————————————— 139

英雄潜伏

抠门的"宁波裁缝" ———————————— 144
传奇的"400小组" ————————————— 149
豆糕司务 —————————————————— 153

永不消逝的电波 157
红色"资本家" 161
枫叶红于二月花 166

赤子丹心

京剧就是我的枪 172
唱响全球的"大风"歌 177
把国歌唱遍全世界 181
抗日宣传小战士 185
永不褪色的红色记忆 189
为珠峰正名 194
两个"金汤圆" 198
院长妈妈勇退日寇 202
沙耆画雄狮 206

科学报国

弃学回国的"蝶神" 212
为中国人争气 217
"糖丸爷爷"顾方舟 222
一株小草改变世界 226
我是属于中国的 231

附录一　宁波市中共党史教育基地名录 236
附录二　"百年征程·砥砺前行"
　　　　宁波10条红色之旅线路 242
后　记 244

星火燎原

　　他们是革命的一点小火星，闪闪烁烁，摇摇曳曳，虽然最初的力量不是那么强大，但其中孕育着希望，象征着光明。在他们身上，我们可以感受到一种前所未有的信念追求和人生境界。他们所开创的路，代表着中国前进的方向。

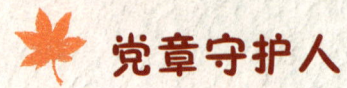 党章守护人

1927年冬季的一个午后,宁波下起了鹅毛大雪。风雪中,一艘小船慢悠悠地驶进浙东小村霞南村。坐在船中的是一个年轻人,他浓眉大眼,身穿棉布长袍。这个年轻人叫张人亚,29年前他就出生在这片江南水乡,因为家境贫寒,16岁就去了上海的一家银楼当学徒。这些年里,除了成亲这样的大事之外,他极少回老家。

小船在河埠头靠岸,张人亚起身往船外张望了一圈。四周一片寂静,他拎着箱子上岸后,就急匆匆地往自家老房子的方向走去。

张人亚悄悄推开那扇熟悉的大门,看到院子里空无一人,就径直来到父亲张爵谦的房间。

"静泉回来了啊!"见到许久不曾回家的儿子,父亲张爵谦感到一阵惊喜。

"嘘……阿爹,不要声张,我这次是悄悄回来的。"

"难道你马上要走?侬姆妈正好出去了!"

"阿爹,情况紧急,我有话与侬讲。"张人亚把手提箱放到

了箱橱上。

"阿爹,我这里有一批顶要紧的东西,上海放着不安全,我就放到侬这里,侬要替我好好保管!"说着,张人亚从箱子里取出一个包裹,外面用纸裹得实实的,用绳子扎得紧紧的。

原来,这一年,蒋介石、汪精卫相继背叛革命,白色恐怖笼罩上海。在上海秘密从事革命工作的张人亚,深知工作中留存的一些文件、书刊对党的革命事业至关重要。这些东西既不能让反动派搜去,也不该、更不能轻易地用一把火给烧了。怎么办?思前想后,张人亚决定:把这些文件、书刊放到老家霞浦去!

"阿爹,这些东西比我的命还重要!"父亲听出了儿子话中有话,连连点头:"放心吧,爹知道啦!"

都说"知子莫若父",这些年,身在宁波乡下的父亲虽然对

儿子在上海的情况不甚清楚，但他可以确定儿子不是那种干坏事的人。他尊重儿子的选择，只是一再提醒要小心，要注意身体。

交代完事情，张人亚赶紧扒了几口饭，又急匆匆地返回上海了。

那天晚上，张爵谦四处寻找能藏包裹的地方，柜子、夹墙、米缸、地窖，他都仔细地看了一遍，可是想来想去这些地方都不是安全之地。他一边走一边想，不知不觉来到了自家的菜园子，一抬头看到了张人亚亡妻的棺材。那时，宁波乡下有将装有亡者的棺木放置在草棚内，等上一段时间甚至数年才放入墓穴的习俗。张爵谦就把这个沉甸甸的包裹塞进了停放张人亚亡妻棺材的草棚内。

过了几天，张爵谦伤心地对邻居们说："我那个儿子静泉长期在外，很久没有消息，恐怕早已不在人世。我想为他做个坟，一并把那苦命的儿媳也葬了，也好让她早点入土为安。"当时兵荒马乱的，很多人都不明不白地丢了性命，而张人亚确实好久没有回家了，乡亲们都对张爵谦的话深信不疑。

于是，大伙儿一起帮忙，就在村子东面的长山岗上，为张人亚夫妇修了一座合葬墓。张人亚墓穴放置的其实是一口空棺材。张爵谦事先把那个重要的包裹用好几层油纸精心包好，藏进了那口空棺材。

明明知道儿子还活在人世，却要给他做一个坟，张爵谦的眼里满含泪水，是对不能正大光明地说出儿子的去向而感到无奈。但为了革命事业，为了儿子的嘱托，张爵谦擦去了泪水，他忍痛为儿子立了墓碑。墓碑上特意少刻了一个"静"字，因为在张爵谦心中，儿子会一直活着，还要继续干一番事业。从此，他默默守着这个秘密，一直等着儿子回来。

一直等到解放，张爵谦也没有等来张人亚的一点儿消息。他叫来大儿子和三儿子，商议后决定在上海的《解放日报》刊登寻人启事，但最终还是没有张人亚确凿的音讯。张爵谦放弃了，他猜想儿子应该是为革命牺牲了。

既然儿子不能亲自来取，那就只有自己替儿子完成他未完成的事业。张爵谦从长山岗的空棺中，亲手取出儿子当年带回的党的文件和书刊，让三儿子张静茂交给了上海的相关部门。他说："共产党托我保管的东西，一定要还给共产党。"这里就有国家一级文物20件，其中以第一部《中国共产党章程》最为珍贵。

人物档案

张人亚(1898—1932)，原名张静泉，镇海泰邱乡（今属宁波市北仑区）人。

1898年，张人亚出生于镇海泰邱乡的一个农民家庭。幼年的张人亚被送到霞浦学堂读书，后入镇海县城求学。1914年，张人亚为了替家庭分担生活压力，去上海的一家银楼做学徒。在这期间，张人亚接触到了进步书刊和先进思想，并积极组织、参与工人运动，于1922年11月加入中国共产党。

1924年10月，张人亚进入苏联莫斯科东方大学学习，之后又回到上海积极组织反帝运动。1929年，他被派往安徽芜湖执行秘密任务，1931年6月，他担任芜湖中心县委书记。1931年11月，中华苏维埃共和国临时中央政府成立，张人亚前往江西瑞金，担任第一届中华苏维埃共和国临时中央政府工农检察委员会委员。1932年6月，张人亚任临时中央政府出版局局长兼总发行部部长，同时兼任印刷局局长。1932年12月23日，张人亚在赴福建长汀检查工作途中因病殉职，时年34岁。

红色之旅

　　张人亚党章学堂位于宁波市北仑区霞浦街道霞浦中路210号，占地面积约为5200平方米。张人亚党章学堂分为学堂展厅、初心学苑、使命客厅、人亚广场（铜像）等区块，展示了张人亚的革命历程、张人亚家族共同守护党的珍贵文献的感人事迹、传承张人亚精神的当代实践等内容。在张人亚党章学堂不远处就是张人亚故居，故居为三合院式建筑，1898—1914年张人亚曾生活在这里。张人亚党章学堂现为浙江省爱国主义教育基地、浙江省党史教育基地、宁波市中共党史教育基地。

🍁 青年的良师益友

1917年夏天，杨贤江以优异的成绩从浙江省立第一师范学校毕业，到南京高等师范学校当职员。工作之余，他给商务印书馆办的《学生杂志》写稿。随着文章的不断发表，他在全国教育界的名气越来越大。1921年，杨贤江接受商务印书馆的正式邀请，担任《学生杂志》编辑，他把这本杂志当作宣传革命道路、团结教育青年的阵地，用手中的笔指引青年学生走革命的道路。他还在杂志上开设了《通讯》和《答问》专栏，悉心回答学生提出的各种问题。1922年5月，杨贤江加入中国共产党。

1924年3月，北京、湖南、四川、山东等地的青年学生提出"学习什么科学才有益于救国"的问题，杨贤江曾解答，若真心希望改变中国的现状，最需要的就是学习社会科学。社会科学能够揭示社会发展的脉络，分析中国当前形势的成因，以及发现种种事业上应注意的问题。为了指导青年学生学习社会科学，杨贤江向他们介绍马克思主义著作，给他们提供书目和信息，如《社会科学概论》《唯物史观》等。这些著作有的是大学教材，有的是学习马克思主义的入门著作，很适合青年学生自学或参考。他还时常推荐和介绍有关陈独秀、瞿秋白、恽代英等人发表的文章，供青年学生在学习思考中借鉴。

杨贤江对青年的指导因人而异，对那些家境贫困、无力升学的青年，他鼓励他们刻苦自学，指导他们自学的方法，说明"无产者不必定要入学读书"的道理；对那些在校学生，他恳切地告诉他们现在中国社会所需要的人才，不是伏案死读书的人，不是讲礼貌、存客套的伪君子，而是聪明、勇敢、能干、肯为民众服务的公民……

在《学生杂志》编辑岗位工作了6年，杨贤江对青年们提出的各种问题，无论是思想的困惑，还是内心的苦闷，都一一回函答复，累计写给青年学生的信件有200多封，回答青年学生的问题有1600多个。这一时期，《学生杂志》的发行量跃居全国同类杂志之首，成为引导青年走上光明之路的"明灯"。

1927年，蒋介石发动反革命政变，杨贤江遭到通缉，他愤怒地揭发蒋介石背叛革命的罪行，鼓舞了革命群众。

在指导青年学生成长的同时，杨贤江还埋头翻译马克思主义经典著作，编写各类教育读本。1929年5月，从国外返回上海的杨贤江担任中央文化工作委员会委员，开始撰写《新教育大纲》。为了尽早完成书稿，他呕心沥血，在已经生病的情况下，仍然坚持每天写5000字，仅用一个多月就完成了20万字的初稿。《新教育大纲》是中国第一部运用马克思主义观点阐明教育原理的教育专著。他在书中的序里写道："我这本教育书，特别是拿有志于教育战线的青年志士为目标，要向他们解释教育的本质，说明教育的作用，并辟除对教育的迷信，纠正对教育的误解。"

杨贤江是一位身体力行的马克思主义教育家，他以教育家的身份，投入伟大崇高的革命事业，为无数有志青年指明了前进的道路。

人物档案

杨贤江（1895—1931），又名英甫，笔名李浩吾、柳岛生，余姚长河（今属慈溪市）人。

1895年，杨贤江出生于一户穷苦裁缝人家。8岁起，父母节衣缩食送他进学堂读书，从村塾到诚意高等小学堂，再到浙江省立第一师范学校，他的成绩非常优秀。1917年，他赴南京高等师范学校任学监处事务员。1919年，他参加了以改造社会为宗旨的少年中国学会，并被推为南京分会书记。1921年，杨贤江被商务印书馆聘为《学生杂志》的编辑，在编辑《学生杂志》的过程中，逐步接受马克思主义，并积极参与革命活动。1922年5月，他由沈雁冰等人介绍加入中国共产党。

1925年五卅运动爆发后，杨贤江与沈雁冰、侯绍裘、董亦湘等人发起组织上海教职员救国同志会。1929年，杨贤江担任中央文化工作委员会委员，并发起组织中国社会科学家联盟，主要从事社会科学和教学科学的研究著译工作等。1931年7月，杨贤江患上肾结核，由于被通缉，又限于当时的医疗水平，党组织和朋友助其赴日医治。1931年8月，杨贤江在日本长崎病逝。

红色之旅

杨贤江故居位于慈溪市长河镇贤江村。故居为砖木结构小平房。故居按杨贤江早年在此生活的样式布置，并陈列了他的著作、稿件、日记、照片、证件、档案及其他遗物，生动地展示了杨贤江战斗的一生。杨贤江故居现为浙江省爱国主义教育基地、浙江省党史教育基地、浙江省文物保护单位、宁波市中共党史教育基地。

卓兰芳的密信

"民国十八年，大水没寮檐；穷人喊皇天，财主买大田。"在1928年、1929年，诸暨连续两年发生水灾，数百人丢了性命，不少地方农田里的庄稼颗粒无收，大家只能靠吃野菜充饥，但是一些豪绅地主还要强迫农民交高额的地租，趁机兼并土地来发财，这首歌谣唱的就是当年的真实情景。

1930年春天，诸暨发生严重饥荒，当地农民纷纷自行组织起来与豪绅地主进行斗争。4月初，中共中央巡视员卓兰芳来到诸暨领导破仓分粮的斗争，解决群众的春荒问题。卓兰芳化名李品三，到达诸暨后就深入各区，对各支部和各村社会情形进行了详细调查。4月中旬，卓兰芳组织召开诸暨全县党的活动分子会议，决定改组临时县委，成立以何达人为书记的县委，并拟订了暴动计划。

暴动前夕，为了交代任务、叮嘱细节，卓兰芳准备给前线的何达人书记和大东区委写一封秘密指示信。

"现在环境如此恶劣，如果直接写成书信，恐怕这封信还没送出去就会被敌人发现。一定要找个什么东西伪装一下！"

卓兰芳一边思考着信的内容,一边用余光扫视着四周。突然,他的目光停在了一部书上。

"最普通的东西往往是最不易被察觉的,就把信写在这部《三国演义》里。"他翻开书本,提起毛笔,直接在这部文学著作中写下了"达人并转区委诸同志……"洋洋洒洒,1000多字,对大东区的行动时间、方法和步骤进行了安排,提出了8条工作指示。在信的最后,他还要求何达人:"如遇紧要关头,要放大魄力,当机立断,切不迟疑不决。"搁笔之后,卓兰芳舒了长长一口气,这封写在名著中的指示信通过交通员顺利送了出去。虽然诸暨暴动因敌我力量悬殊而最终失败,但这份写在名著中的密信却保留至今,现存浙江省档案馆,成为那段风云历史的见证。

1930年9月8日下午，卓兰芳在参加一次秘密会议后不幸被捕。在狱中，他义正词严地拒绝敌人的劝降。国民党法官装出一副关心的样子说："卓先生，你是大名鼎鼎的人物，政府很器重你，只要你有点自省之意，不但不会加害，而且要大大重用。"面对高官厚禄的引诱，卓兰芳毫不动心，坚定地说："不必多说废话，我是不会满足你们的要求的。"国民党当局见利诱不成，便严刑逼供，要他供出各地的共产党负责人。卓兰芳斩钉截铁地回答："外面有千千万万共产党员，你们想从我口中得到什么，办不到！"至此，卓兰芳不再说一句话，直至英勇就义。

人物档案

卓兰芳（1900—1930），学名祥和，字培卿，奉化松岙人。

1900年3月21日，卓兰芳出生于贫苦的乡村私塾教师家庭，少年时随父读私塾和小学，后考入浙江省立第四中学，参加学生爱国运动。1924年，卓兰芳加入中国社会主义青年团，次年加入中国共产党。

1926年1月，受中共宁波地委委派，卓兰芳利用小学校长的身份返回家乡开办农民夜校，成立农民协会，积极推动农民运动。5月，卓兰芳等人成立了中共松岙支部，这是奉化历史上第一个党支部，也是宁波地区较早的农村党支部之一，卓兰芳担任党支部书记。

卓兰芳等人先后在裘村、马头、吴家埠等地建立党支部，为开展农民运动储备骨干力量。卓兰芳还组织农民协会攻打了翔鹤潭盐局、税关，缴获部分武器，建立了农民武装，为后期奉化的革命斗争积累了经验。1928年4月，卓兰芳以中共浙江省委特派员的身份指导浙西工作，兼任中共浙西特委书记，5月任中共浙江省委书记。1930年9月8日，卓兰芳不幸被捕，并于10月5日英勇就义。

红色之旅

卓兰芳纪念馆位于宁波市奉化区松岙镇海沿村。纪念馆经过几次修缮，现总建筑面积为572平方米，在其中央草坪上矗立着卓兰芳烈士的半身雕像。故居内陈列了卓兰芳烈士使用过的部分家具，以及他参加革命活动的图片和资料。卓兰芳纪念馆现为浙江省爱国主义教育基地、浙江省党史教育基地、宁波市中共党史教育基地、奉化区文物保护单位。

从容赴难的卓恺泽

1928年3月的一个夜晚,风雨交加,共产党员卓恺泽双眉紧锁,右手紧紧护着揣在兜里的一封信。这位从16岁开始就参加革命的战士,无论是组织学生罢课游行反对军阀、请愿驱逐帝国主义列强,还是动员卓兰芳、裘古怀等青年投身革命,都一向慷慨从容,这回的忧心忡忡足以说明事态的严重。

卓恺泽推门进屋,妻子林文翠正在家等他,桌上油灯里的火苗不停地随风跳跃。

"湖北的组织由于叛徒出卖,损失惨重,组织安排我去湖北主持工作。"

听到这个消息,文翠的脸色渐渐变得凝重起来。

"武汉乱成那样,你现在去太危险了!"

"武汉局势,确如一幢将倾的大厦,但总要有人去支撑,怎能眼看着让它倒下去?就是必死,我也要去!"

由于国民党反动派四处抓捕共产党员,通往武汉的路异常凶险。为了安全抵达武汉,卓恺泽不得不把随身携带的枪留在了奉化老家。说起这支枪,还是他从父亲那里动员来的。

卓恺泽出生在一个富裕家庭，为了给党筹措革命经费，他好几次从姐夫和外婆家募捐。他也给父亲写信，要求变卖家产、资助革命。一开始他父亲并不同意，后来，卓恺泽又写信动员："毁家成国，不亦宜乎！"父亲理解儿子的伟大志向，终于拿出了几百银圆。卓恺泽就用这些募集来的钱从上海购买了20多支枪，他的枪就是其中一支。为了安全起见，他把这支左轮手枪用油纸包裹好，埋在了裘村镇甲岙村姐夫家的田地里，准备日后再来取用。后来，卓恺泽没有再回到家乡。1972年，家乡的人们在兴修水利、开垦农田时，意外发现了这支已经锈迹斑斑的手枪。

1928年4月19日下午，卓恺泽正在武昌召开一个秘密会议，因叛徒出卖不幸被捕。在狱中，卓恺泽早已经把生死置之度外，他忍受着敌人的严刑拷打，坚决不吐露党的机密。4月22日晚上，他给父母写下遗书："人总不免一死，死是最寻常的事；死于枪弹之下，更其比（比其）死于床褥之间的痛快而有意义。……我生时，因奔走各地，不克（能）对我亲爱的父母有很好的物质与精神的安慰，但我想，明白的父母决不会以此责我恨我。'为公忘私''为国忘家'，是古有明训的。……父母！你们乐天知命的（地）等着光明的来到吧！"这些话语，充分体现了一个共产党员为革命英勇不屈、视死如归的伟大胸怀。

人物档案

卓恺泽（1905—1928），乳名阿培，笔名砍石，奉化松岙人。

1905年10月25日，卓恺泽出生于奉化松岙。他先后就读于裘村忠义高等小学、浙江省立第四中学，受进步教师影响，投身五四运动。1923年，他考入华北大学预科，担任学生会干部，积极学习和宣传马克思主义，不久便加入中国社会主义青年团，同年12月转为中共党员。

1924年11月，中共北京地委改选，卓恺泽被选为地委候补委员。1926年7月，卓恺泽被任命为中共上海闸北部委书记。1927年2月，卓恺泽被选为共青团江浙区委委员，负责宣传工作。1927年12月，卓恺泽担任共青团浙江省委书记，为恢复和发展浙江的团组织做出了很大努力。1928年3月，湖北党、团省委遭破坏，卓恺泽被任命为共青团中央特派员兼共青团湖北省委书记。1928年4月19日，卓恺泽在武昌召开秘密会议，被敌人当场逮捕。4月26日，卓恺泽英勇赴义。

红色之旅

卓恺泽烈士故居位于宁波市奉化区松岙镇。故居为清代晚期建筑,坐东北朝西南,为两层四间一弄正房。故居占地面积为232平方米,展示有与卓恺泽烈士有关的书信、家具等。卓恺泽烈士故居现为宁波市爱国主义教育基地、宁波市中共党史教育基地、奉化区文物保护单位。

 明州双英

在宁波市海曙区中山广场内一处僻静的地方，有一座别致的建筑叫"明州双英亭"。"双英"，可以理解为两位英雄。那么，到底是为纪念哪两位英雄而造的亭子呢？亭子里立有一面纪念墙，从上面的文字可以知道，这是专门为纪念在1927年牺牲的杨眉山、王鲲两位共产党人，以及在同一时期牺牲的其他四位革命烈士而修建的纪念亭。

杨眉山，诸暨人，出生于一个小地主家庭。他幼年读私塾，19岁当家庭教师，21岁考入杭州铁路专科学校，后回到家乡教书。1921年夏天，杨眉山经好友介绍，到宁波三一中学任国文教员。第二年，他又转到崇德女校任教，并在圣模女中兼课。杨眉山利用课堂揭露帝国主义在中国设教堂、开医院、办学校和经商的目的，激发学生的反帝爱国热情，并带领他们冲破校方阻挠，参加示威游行，他也因此被辞退。

1924年1月，杨眉山加入中国共产党，并参与宁波地方党组织筹建。次年的二三月间，在中共上海地委领导下，中共宁波支部成立。党组织派杨眉山创办启明女中，作为宁波党、团组织秘

密机关驻地。杨眉山以教员的身份为掩护，通过介绍《中国青年》《火曜》等革命期刊，向学生们宣传革命思想，发展党、团员。在他的影响下，崇德、圣模两校的进步学生纷纷转往启明女中上学，启明女中成了革命势力的重要据点。1926年1月中共宁波地委成立，3月杨眉山任书记。1927年3月，革命统一战线的宁波临时市政府成立了，杨眉山主持临时市政府。他联合各界群众开展反封建和反对国民党右派的斗争，为壮大宁波地区的革命力量做了大量工作。

王鲲，出生于宁波的一个工人家庭，因为家境贫困，到15岁才读完私塾，后来通过亲友关系，进入华英学堂学习英语，毕业后考入宁波邮局当一名拣信工。1925年，党在宁波创办启明女中，杨眉山等人在这里传播马克思主义。王鲲经常去那里参加活动，懂得了很多革命道理，并于这年冬天加入中国共产党。党组织分配给他的任务是去做工人运动的工作。王鲲走家串户，深入工人集体宿舍，了解他们的工作生活情况。他发现工人们每天劳动时间长，要10—12小时，工资低，同时，劳动条件差，工人们上厕所如果时间长一点就要遭到工头谩骂或鞭打，没有一点人身自由。还有一个难题就是工人们不识字，遭到工头欺负，他们不会写也不敢讲，只能忍气吞声，埋怨自己命苦。

王鲲决定与工人们交朋友，他要从办工人夜校入手，帮助工人们识字来提高他们的思想觉悟，并在此基础上成立工会。于是，他到工人家串门走访，遇到熟悉的就自报家门，主动招呼"可以代劳写家信"。通过读信、写信，王鲲与工人们的距离更近了，彼此成了无话不谈的朋友。当工人们感叹不识字、孩子上不起学的时候，王鲲就劝慰他们："社会会进步的，现在这些不公平的事情，今后都要改掉。小时候没机会上学的，年纪大了也可以再上学，工人可以读夜校！"工人们对他的话半信半疑，王鲲接着说："如果你们想读书识字，我给你们当老师，一起办夜校。"然后，他帮工人们列出学习计划，动员工人们把火车站的旧车厢打扫出来当教室。大家你一点我一点凑钱买粉笔、黑板，最后合力办起了工人夜校。通过数个月的接触，工人们的政治思想觉悟都有所提高。王鲲觉得时机已经成熟，先后组织成立了宁波邮务工会、甬曹铁路工会、宁波总工会，并出任地委工运委员、宁波总工会临时执委会委员长。与此同时，宁波各县工会也纷纷建立，宁波工人运动出现了新的高潮。

　　1927年4月，国民党反动派恣意破坏国共合作，在宁波制造了四九反革命事件，扣押了杨眉山、王鲲。6月22日，杨眉山、王鲲被国民党反动派残酷杀害。

人物档案

杨眉山（1885—1927），绍兴诸暨人。1924年，杨眉山加入中国共产党，并参与宁波地方党组织筹建。1926年1月，中共宁波地委成立，3月杨眉山任书记。1927年初，国民党宁台温防守司令王俊接到蒋介石密令，伺机发动"清党"，妄图镇压宁波的革命力量。4月9日，国民党宁波市党部机关报《宁波民国日报》刊登《王俊十大罪状》和《蒋介石欲效军阀故智耶？》两篇文章。王俊以"诋毁总司令"为由将报社社长、国民党左派人士庄禹梅扣押。消息传来，中共宁波地委决定由杨眉山、王鲲带领各界代表前去交涉。杨眉山、王鲲不顾自身安危，在防守司令部当面质问王俊，要求立即释放庄禹梅，王俊乘机把他们二人扣押起来。

在狱中的70多天里，杨眉山宁死不屈。6月22日，蒋介石委派杨虎、陈群从上海赶到宁波，对其再次审讯，并施以酷刑。杨眉山浑身鲜血淋漓，仍神态自若。临刑前，他对难友说："你如不死，替我们复仇！"当日，杨眉山被害于旧道尹公署北首广场。

人物档案

王鲲（1905—1927），又名王经奎，奉化大堰人。

1925年冬，王鲲加入中国共产党。党组织指示王鲲利用邮政业务关系，到铁路部门开展工作，经长时间酝酿和组织，甬曹铁路工会、宁波总工会等先后成立。

1927年1月，王鲲被选为地委工运委员。2月20日，乘北伐军进驻宁波之机，宁波总工会召开代表大会，成立宁波总工会临时执委会，王鲲出任委员长。25日，王鲲被选为宁波各人民团体联合会的执行委员，参与筹建临时市政府。3月2日，临时市政府成立，王鲲当选为委员兼劳动局局长。国民党反动派破坏宁波革命时，王鲲领导全市工人罢工，予以坚决反击。4月9日，王鲲与杨眉山一起被扣押入狱，并于6月22日被敌人杀害。

红色之旅

明州双英亭位于宁波市海曙区解放北路中山广场内,是为了纪念大革命时期在宁波城区牺牲的杨眉山和王鲲烈士,以及同一时期牺牲的胡焦琴、甘汉光、陈良义、吴德元烈士而建造的。亭内设立了一道纪念墙,刻制了杨眉山、王鲲以及另外四位先烈的汉白玉雕像,并配以他们的介绍。明州双英亭现为宁波市爱国主义教育基地、宁波市中共党史教育基地。

红十三军的"赤脚大仙"

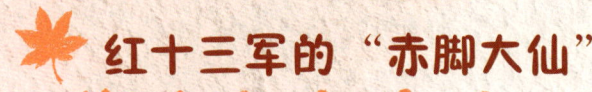

1929年夏,为加强对浙南农民武装斗争的领导,党中央决定派柴水香到浙南工作。1930年4月,根据党中央指示,浙南红军游击队改编为红十三军,柴水香担任政治部主任,他被战士们称为"赤脚大仙"。

关于"赤脚大仙"这个称号,有一个小故事。

在一次行军路上,骄阳似火,细心的柴水香发现,一名叫戴隆三的战士没穿草鞋,柴水香立马脱下自己的草鞋递给了他:"山路难走,快把草鞋穿上。"戴隆三低头一看,发现柴水香自己赤着脚,自然不肯接受。

"我这双脚已经练了很多年,练得像铁板一样了。你快穿上,追击敌人,你们比我要紧!"柴水香一边说,一边让戴隆三赶紧穿上草鞋。

浙南山区到处都是石块铺成的碎石路。当时,正值三伏天,石块被烈日晒得像火烧过一样滚烫,穿鞋的踩在上面都烫脚,更别说没穿鞋的了。果不其然,柴水香的脚底板被烫起了好多水泡,他走过的路上都是斑斑的血迹,可柴水香就像没事人一样,一个劲儿往前走。

红十三军的生活十分艰苦,柴水香始终保持着普通士兵的本色,与战士们同甘共苦。一次,一个战士不小心丢失了箬帽,骄阳烤得那个战士步履艰难。柴水香在队伍后面远远看见了,就赶上去把自己的箬帽摘下来戴在了战士头上。柴水香就这样光着头、赤着脚行军,"赤脚大仙"的称号也在红十三军乃至整个浙南地区传扬开来。

身为红十三军的重要领导干部,柴水香平日里丝毫没有"官架子"。他曾对干部们说:"对战士要教育。虽然有些人改得慢,也必须耐心教育,不能打骂。"战士们有什么困难,他哪怕手头只有一分钱,都要送给他们。夜里,他总要几次起来巡视,为战士们盖被。战士们吃饭的时候,他就去巡逻放哨,不到最后

一个不用餐。部队开拔时，他也会三令五申强调革命纪律，不允许战士拿老百姓的任何东西；战士违纪时，他一边代为赔偿，一边找到当事人耐心教育。他常常对战士们说："要牢牢记住，我们是共产党的军队，是人民的子弟兵，决不能拿群众一针一线。"

人物档案

柴水香（1903—1930），又名柴志福，化名陈文杰、方均，鄞县五乡（今属宁波市鄞州区）人。

1903年4月16日，柴水香出生于一个贫苦劳动人民的家庭，19岁时进入宁波华泰织绸厂当工人。1925年，上海发生震惊中外的五卅惨案，消息传到宁波后，柴水香积极参加反帝示威游行，致力于工人运动。1926年2月，柴水香加入中国共产党。

1927年8月1日凌晨，柴水香参加了由周恩来、贺龙、叶挺等领导的南昌起义。1929年夏，为了加强对浙南农民武装斗争的领导，党中央决定派柴水香去浙南工作。1930年4月，根据党中央的指示，浙南红军改名为中国工农红军第十三军，柴水香（化名陈文杰）担任政治部主任。1930年6月，中共浙南特委成立，柴水香任军事委员。

1930年9月，由于叛徒出卖，柴水香不幸被捕，敌人用尽各种酷刑，都没能从柴水香那里得到半句口供。9月21日，柴水香于温州松台山刑场英勇就义。

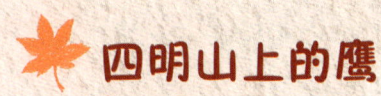
四明山上的鹰

不知道大家有没有见过山鹰呢？它经常舞动着有力的翅膀，盘旋在高山之巅。在宁波，有一位革命烈士曾把"山鹰"当作自己的笔名，他也像山鹰一样，义无反顾地投身共产主义事业，他的名字叫徐婴。

抗日战争全面爆发后，日本帝国主义大举侵华，不仅占领许多城市，还派飞机到处狂轰滥炸，无数平民惨遭屠杀。当时就读于宁波中学的徐婴目睹国民党政府的腐败无能，义愤填膺。

宁波城区及栎社机场遭到敌机轮番轰炸后，1937年12月，宁波中学通知师生们各自回家避难。

"如果宁波被日本人侵占，怎么办？是做顺民苟且偷生，还是奋起反抗？"在离校前的一天下午，徐婴与宋里归等几个志趣相投的同学聚在学校旁的一座古坟前慷慨激昂，各言其志。徐婴主张投笔从戎，组织抗日游击队，就地作战。也有人建议脱下学生装，穿上军装，驰骋沙场。一群十六七岁的青年学生，血气方刚，热血澎湃。宋里归脱掉夹衣，用小刀割下衬衫的前襟，划破右手食指，用鲜血悲壮地写下了"誓死不做亡国奴"七个字。徐婴也一口咬破右手中指,在宋里归写得不清楚的笔画上,添上了他的鲜血。殷红的鲜血,记录了中华有志青年的钢铁誓言:誓死不做亡国奴!

1939年9月,徐婴加入中国共产党。1942年11月,他担任国民党鄞县鄮湖乡乡长。鄮湖乡是鄞西地区的粮仓之一,是日伪顽势力争夺防控的对象,开展革命活动难度很大。徐婴到任后,怀着"把头落在鄮湖"的献身精神,忠心耿耿地为党工作。当时,他浑身上下生满了疥疮,连手都抬不起来,他就用绷带把手绑上,坚持工作。面对老百姓辛辛苦苦打下的粮食被征收"派谷"的情况,徐婴发动党员和群众,与敌伪方面开展"反派谷""反抢粮"斗争,不仅镇压了与敌人串通一气的外乡长胡政,还把原来存放在乡公所积谷仓里的几万斤存粮及时转移到山区,让日、伪军下乡抢粮扑了个空。经过反复较量,这场斗争取得了胜利,徐婴得到了群众的齐声称赞,乡间流传出一首歌谣:"资敌乡长黑心肠,私下派谷送东洋。徐婴乡长有胆量,胡政最后吃手枪。"

1944年3月中旬,在与敌人的一次作战中,徐婴因过度劳累,染病高烧不退,饮食不进。3月下旬,徐婴病重无法行动,但敌情威胁日甚,他怕连累战友,坚决不同意用担架抬他撤退,便单独留在老百姓家里隐蔽。由于叛徒告密,徐婴最终不幸被捕。在种种酷刑的折磨下,徐婴本就十分虚弱的身躯更是没有一块好皮肉。在生死时刻,徐婴始终没有向敌人吐出一个字,但敌人又怎肯善罢甘休,以伪善的嘴脸与徐婴叙"情义",劝徐婴就范。徐婴大义凛然:"既然进来了,我也不想你让我活着出去,这就是我对你的情义!"

1944年4月5日,徐婴在樟村下街英勇就义,年仅23岁。但在人们的心中,徐婴已化作矫健的山鹰,翱翔在祖国的万里长空。

人物档案

徐婴（1921—1944），学名会庆，笔名山鹰，鄞县甲村（今属宁波市鄞州区）人。

1921年11月18日，徐婴出生于鄞县。1935年，徐婴以优异的成绩考入宁波中学。他积极参加学生游行，关心抗日救亡运动。1939年9月，徐婴由嵊县西区区委书记周列平介绍加入中国共产党。1942年6月，徐婴受党组织指派，到隐蔽在"三青团鄞西区队"里的林一新部队任政治指导员和支部书记。

1942年11月，经地下党的推荐和争取，徐婴担任国民党鄞县罂湖乡乡长。1943年9月，徐婴任樟水区区长。李敏等同志牺牲后，徐婴带领群众埋葬好烈士的遗体，在樟村西首召开追悼大会，揭发国民党反动派的罪行，号召群众一起保卫家乡。1944年3月下旬，徐婴不幸被捕。敌人威逼利诱，动用皮鞭、木棍、老虎凳等酷刑，但徐婴始终没有向敌人吐出一个字。1944年4月5日，徐婴英勇就义，年仅23岁。

 以笔为刃的文化战士

在宁波樟村四明山革命烈士陵园，珍藏着一件珍贵的文物——一支饱经沧桑的派克笔，它的主人是朱镜我。朱镜我从日本的大学毕业后，放弃了在日本大学教书的机会，回国加入革命文学团体——创造社，投身思想文化战斗。他翻译了大量马克思主义理论著作，发表了许多介绍、宣传马克思主义的文章，成为革命文化运动中冲锋陷阵的新锐战士。1935年2月，由于党组织被破坏，他被捕入狱。

当时，国民党首都警察厅的厅长是朱镜我的亲戚，他写信答应保释朱镜我，但前提是必须完成"自首"手续。朱镜我看了来信后，立即把信撕得粉碎，他对监狱中的同志们说："简直就是以小人之心度君子之腹，谁理他！"国民党中央党部要员雷震是朱镜我在日本读书时的同学，他也劝朱镜我"自新"。朱镜我当即与他面对面进行了激烈辩论，声明自己无罪，无须"自新"。虽然狱中的生活生不如死，敌人频频出招对朱镜我进行威逼利诱，但朱镜我坚贞不屈，坚信"中国革命已经到了最困难的时候，黑暗到了顶点，光明就快到来"！

经党组织营救，1937年6月下旬，朱镜我获释。这时，他的胃病已非常严重，经常大口吐血，平时不能吃米饭，只能吃少量的稀饭。即使在这样的情况下，他还马不停蹄地为党的事业奔波。当几位家乡的年轻党员告诉他，宁波党组织被破坏，开展工作困难重重时，他当即说："国难当头，匹夫有责，我们失去组织关系的共产党员，不能坐视不管，不是指导和帮助，而是我和你们一起干！"他们成立了中共宁波临时特别支部。为了尽快与上级党组织取得联系，朱镜我全然不顾自己带病的身体和敌人的跟踪，亲自到上海与八路军驻上海办事处正式接上了组织关系，

使宁波地区中断多年的党组织得以恢复和发展。

党组织的重建为继续革命打下了基础，但是要开展活动，经费是最大的困难。没有收入、生活拮据的朱镜我回到老家，将10多亩土地抵押，并把这笔费用充作党费和活动经费，同时还变卖家具，救济穷苦人家。有人问啥时候天下可以太平，他表示等到10年以后，穿草鞋的人进了村子，分不出哪个是官哪个是兵，天下就太平了。他有一个表兄，曾是国民党中山舰的舰长，见到朱镜我穿着旧长衫，骨瘦如柴，惋惜地说："你有学问，有才能，何苦再做共产党的冒险事！还是跟我去做国民党的官吧！"朱镜我淡淡一笑："我要是为了做官，10年前也就不会走这条路了。"

1938年11月，朱镜我来到皖南新四军军部，担任新四军政治部宣传教育部部长兼《抗敌》杂志主编。那时，美国友人史沫特莱募捐了一批物资，援助中国人民的抗日事业。朱镜我领到了一支钢笔，他以笔为刃，日夜为《抗敌》撰稿，并写下了《我们是战无不胜的铁军》这首不朽军歌，激励全军将士抗战杀敌。在一次部队转移中，朱镜我把这支笔留给了儿子朱庭光作为纪念。

1941年1月，皖南事变发生。新四军军部及所辖皖南部队全部撤离，朱镜我抱病随队。撤退中，队伍遭遇国民党军队阻击。朱镜我的身体极其虚弱，警卫员和战士们准备背着朱镜我突围。他为了不连累战士们，喝道："你们自己快打出去，不必为我多送几条性命！"战士们说什么也不肯丢下自己的首长。见战士们仍不肯走，在这危急时刻，朱镜我说："走，你们快走，我不能连累你们，突围出去就是胜利……"说罢，他便咬紧牙关，纵身跳崖。

人物档案

朱镜我（1901—1941），原名朱德安，又名朱得安，笔名镜吾、谷荫、朱怡庵、张焕明等，鄞县横溪（今属宁波市鄞州区）人。

1901年，朱镜我出生于鄞县。在他10岁那年，父母相继去世，后被寄养在外祖母家。1920年7月，朱镜我以优异的成绩被录取为浙江公费留日学生，并于1924年考入东京帝国大学社会学系。1927年，他回到上海，与其他革命文化工作者一起，在上海展开颇具声势的马克思主义宣传运动和倡导无产阶级革命文学的活动，翻译的恩格斯的《社会主义从空想到科学的发展》，首次作为全译中文单行本在中国出版。他主编的《文化批判》《思想》月刊，被评论者认为是自《新青年》以后最有影响力的革命文化刊物。

1928年5月，朱镜我加入中国共产党。1929年，中央文化工作委员会成立，朱镜我为成员，参与筹备中国左翼作家联盟，并以他为主筹建中国社会科学家联盟。1931年秋冬，朱镜我被调到中共中央宣传部工作。他曾任中共上海（临时）中央局宣传部部长、中共中央东南分局宣传部副部长、新四军政治部宣传教育部部长等职。1941年1月，朱镜我在皖南事变中壮烈牺牲。

红色之旅

朱镜我党史教育基地位于宁波市鄞州区横溪镇金峨村,主要分为入口总体印象区、主题纪念展览区、红色教育感悟区、主题纪念拓展区四大区域,集中展现了朱镜我烈士的革命事迹,体现了他"为真理四处奔波宣传马列,誓抗日皖南突围捐躯祖国"的革命精神。

书生意气

青春有一种力量,风华正茂、朝气蓬勃;书生有一种气质,坚忍奋进、一身正气。当革命的火种燃起,他们便无惧风雨、不畏困苦,要去打破千年的禁锢,去踏平崎岖的山路,去开创一个全新的世界,即使失败,也无怨无悔。

书生的兴农梦

他，出生在商人家庭，又是家中独子，受到全家人的宠爱。他14岁小学未毕业，便被送到上海学做生意。然而，他"身在曹营心在汉"，一心筹划着自己的理想——重归农村。他认为，国家已经到了生死存亡的关头，弃商务农，是改造社会、实业救国的根本出路，这也是他想要走的路。他叫应修人。

心怀这一理想，在上海福源钱庄做学徒的应修人一边买来《新农业》《耕种学讲义》《土壤学》《作物学》《肥料学》等农业类书刊研读，一边联系农校希望继续读书深造。这个时候，细心的父亲发觉，儿子的开销越来越大，担心他有不良嗜好，于是就写信质问其中的缘由。应修人立即回信解释："父亲大人在上，学习农业乃我当下最大的兴趣，当前乡民对农业的认识不足，欧美国家之所以能够富强，就是因为农业振兴，对此我很是感慨，经商不是我擅长的，我立志将来在农业上有所建树，希望父亲大人包涵且支持我。"

长期以来，中国的农业虽然讲究精耕细作，但产出还是有限，税费又重，要是遇上旱灾、水灾、病虫害，农民辛辛苦苦忙碌一整年，却往往连一家子的口粮都不能保证。父亲一听儿子有这个打算，竭力反对。应修人也理解父亲的苦心，所以采用"曲线救国"的办法，他给舅父、伯父挨个写信，以求得他们的支持。同时，他不断地给父亲寄有关农业的书刊，具体如养鸡、菜籽提油等技术的书，再给父亲寄一些新种子，以此让父亲多了解一些当时的农业前景，希望父亲能支持他的事业。

1917年秋，应修人专门告假回家考察农业。在那些日子里，他与朋友们一起勘查山地，想租来种树；他蹲在田头观察农民怎么割稻子，又向农民请教如何种番薯。或许是儿子的执着感动了父亲，父亲最终答应了应修人回家兴农的请求。在1917年10月14日的日记里，应修人记录下对此事的心情是"乐真无极矣"。幸福来得太突然，兴奋的他盘算着自己的兴农之路：初期的三四

年，如果养鸡500只，养羊100只，就可以应付开支；种上三四年的树木，就可以有盈利。他期待父亲也一并参与他的宏大事业。

然而，没过多久，他的归农理想因亲友的不赞成而筹款困难，最终受挫，但他仍然不肯放弃，一直盘算着种树植竹计划、提油之法，决意东山再起。直到五四运动的爆发，他才意识到，个人的力量是如此渺小，群众的力量是何其磅礴，只要将群众的力量组织起来，一切难关都可以攻破。他把自己的名字改为"修人"，有"修身以为人，修身以利人"之意。

经过五四运动的洗礼，应修人如饥似渴地阅读革命书籍。此时的他离开了钱庄，经人推荐来到中国棉业银行工作。他发现棉业银行的不少青年职员都喜欢读书，便倡议把大家的书集中起来，成立一个小图书馆。之后，书籍不断增加，队伍不断壮大，他们便决定将图书馆对外开放，称作上海通信图书馆。他们还成立了图书馆共进会，不少著名作家、社会活动家纷纷加入，如恽代英、杨贤江、郭沫若、叶圣陶、郁达夫等都曾是会员。读者群由上海逐渐扩大到国内20多个省市，甚至发展至日本、美国、法国等国，成为当时中国影响最大的进步图书馆。

应修人领导进步人士以图书馆为根据地，宣传新文化、新思想，传播马克思主义，许多青年正是通过上海通信图书馆走上了革命道路。

人物档案

应修人（1900—1933），原名麟德，字慎瑞，慈溪赭山（今属宁波市江北区）人。

1900年2月7日，应修人出生于慈溪一家布店的店员家。14岁时，应修人离开家乡，经姑母介绍到上海的钱庄帮忙。三年的学徒生涯，应修人阅读了大量进步书刊，接触到许多新文化、新思想。1921年5月1日，应修人与好友一起创办了上海通信图书馆。应修人领导进步人士以图书馆为根据地，宣传新文化、新思想，传播马克思主义。1922，他在杭州与汪静之、潘漠华、冯雪峰等创建"湖畔诗社"，并以诗社名义出版了诗集《湖畔》，受到广大青年学生喜爱。

1925年，应修人投身五卅运动，在上海通信图书馆成立团支部并担任第一任团支部书记。同年，应修人转为中共党员，1927年被组织派往苏联学习，1930年回到上海，在中共江苏省委工作，同年参加中国左翼作家联盟。1932年任中共江苏省委宣传部部长。1933年5月14日，应修人去昆山花园7号联系工作时，在与国民党特务搏斗中壮烈牺牲。

红色之旅

应修人故居位于宁波市江北区滨湖环路与修人街交叉口。建筑为坐北朝南三间一弄楼房，房前一天井，三面围墙独成院子，故居内陈列有应修人烈士的生平简介以及相关文物。应修人故居现为江北区文物保护单位。

要将投袂兴神州

在象山县贤庠镇海墩村,有一处大宅院,那是革命烈士贺威圣的故居。据当地上了年纪的村民介绍,贺家当年有良田三四百亩,三进四合院一座,算得上是家境富足、生活优越。所以,来到故居参观的人往往会提出这样一个问题:一个富家子弟,为何会舍弃安逸生活,冒着生命危险投身革命呢?

贺威圣从小就富有同情心、正义感,他看到母亲有许多金银首饰,就劝她把这些首饰分给家中贫苦的女佣。他在收获季节看到佃农把一担担金黄的稻谷倒进自己家的粮仓,就叫母亲不要向穷苦人家收取租谷。

1919年,当五四运动的浪潮波及临海的丹城小镇时,年轻的贺威圣积极响应,他和同学们组织成立了象山学生联合会,发动学生游行示威,他们还深入丹城、石浦等地的码头焚烧日货。贺威圣领导的象山学生运动,使往日闭塞的小城镇到处充满了爱国热情。他以海瑞为榜样,给自己取字"刚峰",立志要洗刷国耻,振兴中华。

"汽笛一声动客愁,暮云江树路悠悠,而今怕听骊歌起,未到晚钟且暂留。扶桑鬼蜮君知否？大好河山黯锁愁，壮士岂为儿女泣，要将投袂兴神州。"这首诗是贺威圣在1921年的同学话别上写的。诗中描绘的汽笛声和暮云景象，充满了离别的忧伤。贺威圣怕听到离别的歌声再起，希望离别的钟声迟一点儿敲响，哪怕让他再多停留一会儿。但是，一想到祖国正在沉沦，人民正在饱受磨难，大好河山之上鬼魅横行，他就心急如焚，希望马上投入到反帝反侵略的斗争中。

1924年，贺威圣入读上海大学，在邓中夏、瞿秋白、恽代英等共产党人的教育影响下，他如饥似渴地研读马列著作，思想进一步成熟，当年就加入了中国共产党，从此把实现共产主义远大理想作为自己毕生奋斗的目标。信仰认定了，就是至死不渝。

1926年11月13日，杭州城阴云密布，寒风凛冽。在清波门外兵营监狱一间昏暗的囚室里，关着两个年轻的共产党人，一个是汪性天，另一个就是贺威圣。"哗啦"一声，牢门突然被打开，一个狱

吏出现在门口。"谁是贺刚峰?"狱吏吆喝道,"出来!"

贺威圣艰难地站起身来,正要开口。

"我是贺刚峰!"汪性天猛地站起,挡住贺威圣并大声回答。

"他不是。"贺威圣轻轻地推开战友,坚定地说,"我是贺刚峰!"而当狱吏叫到汪性天时,两个人又同时站出来自认。最终,狱吏将他们两个人同时押往清波门外梅东校场。

读过《钢铁是怎样炼成的》这本名著的小读者,一定记得一句话:"人最宝贵的东西是生命,生命对每个人只有一次。"两位年轻的共产党人到了生命的最后时刻,都想着把"生"让给对方,把"死"留给自己。在"打倒军阀""中国共产党万岁"的口号声中,贺威圣和战友一起倒在了血泊中。贺威圣用自己短暂的一生践行了"要将投袂兴神州"的铮铮誓言。

人物档案

贺威圣（1902—1926），字刚峰，化名胡珊、吴威，象山贤庠人。

1902年，贺威圣出生于象山一个封建地主家庭。母亲为了给他提供更好的学习环境，带他移居到象山丹城，在县立高等小学就读。1919年，五四运动的浪潮波及象山，年轻的贺威圣热烈响应，组织成立象山学生联合会，并被推选为会长。1920年春，他来到上海，先后在澄衷中学、上海公学就读。1923年，他考入沪江大学（现上海理工大学），在校期间因积极从事反帝反侵略的宣传活动，被校方勒令退学。

1924年，他转入上海大学社会学系，在邓中夏、瞿秋白、恽代英等共产党人的教育影响下，开始研读马列主义著作，并加入了中国共产党。1926年，贺威圣指导创建了象山第一个中共支部，后任中共杭州地委书记。他组织领导了杭州市印刷、丝织等行业工人的示威游行活动，建立了工会组织，成立了工人纠察队。1926年11月3日，贺威圣在仕学旅馆主持召开紧急会议时被敌人发现，不幸被捕，后被押送至清波门外的兵营监狱。1926年11月13日，贺威圣被军阀孙传芳部杀害。

红色之旅

贺威圣故居位于宁波市象山县贤庠镇海墩村，故居坐北朝南，为硬山式四合院平房。贺威圣在这里度过了童年、少年时期。2002年，为纪念贺威圣烈士100周年诞辰，象山有关部门建成面积为150平方米的贺威圣革命史迹陈列室。2012年10月，为纪念贺威圣烈士110周年诞辰，象山有关部门重新修缮了贺威圣故居。贺威圣故居现为宁波市中共党史教育基地、象山县文物保护单位。

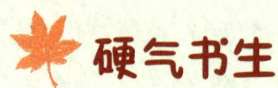 **硬气书生**

很多人知道柔石，是因为鲁迅先生写的《为了忘却的记念》这篇文章。在文章中，鲁迅先生评价柔石，说他身上有一股"硬气"，而且"颇有点迂"，像他的同乡方孝孺。

1918年，柔石以优异的成绩考入浙江省立第一师范学校。这个学校是浙江新文化运动的中心，校长经亨颐是新文化运动的先驱人物，《新青年》《浙江新潮》等进步杂志在校内广泛流传。这一切，使柔石如沐春风，也促使他开始关注社会变革，关心民众疾苦。

1921年，柔石在给哥哥的一封信中，痛诉反动派"专求一己之肥，毫不顾及下民之困苦饥馑，其更残暴者，则逞一己之私意，斗干戈，动炮火"。而对十月革命后的苏俄，他则怀着欣喜的心情给予赞扬。1921年5月，柔石发起并组织宁海旅杭同学会，希望团结宁海知识分子，助力宁海社会变革。1921年10月，他加入了由著名新文学作家叶圣陶、朱自清、冯雪峰等人创建的晨光文学社，开始从事新文学运动，希望可以用自己的力量，唤醒民众对国家的关心，促进社会变革。

从浙江省立第一师范学校毕业后，柔石投身教育事业，曾在

慈溪、镇海、宁海等地教书,他自编《国语讲义》,谱写《宁海中学校歌》,后被举荐为宁海县教育局局长。

一天,柔石刚到家里,突然听到有人喊:"平复先生在吗?"

柔石答应着走出房间,只见一个40岁左右的男人吃力地提着一只火腿,恭恭敬敬地站着直朝他作揖。

"鄙人是……"此人是东乡一所小学的校长。他害怕自己的位子不保,就带着火腿来找柔石求情。原来,在柔石担任教育局局长之后,大力革新全县小学教育,大幅度调整人事,与小学校长中的守旧势力抗争。

"这是一点小意思……"

"这是干什么,去,先把这东西拿回去再来同我讲话!"

那人仍厚着脸皮将火腿硬往柔石手中塞。柔石恼火了,接过火腿就往门外一丢,厉声说道:"你找错门了!"

那人见柔石发怒了,不敢继续纠缠,于是趁柔石不注意,撒腿就跑。柔石见他跑了,急忙捡起火腿,一边追一边喊,一直追了半里路才截住送礼者。街上的人不知道发生了什么事情，都围了过来。当他们明白了事情的原委后，纷纷赞叹："赵先生做事就是靠硬！"送礼者听了人们的议论，只好收回火腿，灰溜溜地走了。

　　1928年5月，党领导的亭旁起义失败，柔石利用自己的身份，保护被通缉的进步师生出逃。随后，柔石也离开家乡到了上海，开始从事革命文学运动。他以笔为武器，在作品中热情高呼："中国，红起来罢！全世界的火焰，也将由我们的点着而要焚烧起来了……我们都以火，以血，以死等待着。"柔石以硬气而刚正的秉性，最终成了一个"勇敢而明白的斗士"。

人物档案

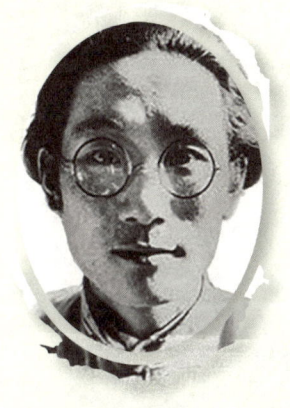

柔石（1902—1931），原名赵平复，宁海县城人，作家、无产阶级革命家、"左联"五烈士之一。

1902年9月28日，柔石出生于宁海县城。1918年，柔石考入浙江省立第一师范学校，1921年，他加入了晨光文学社，从事新文学运动。1924年春，柔石到慈溪县普迪小学任教，除了教学，还坚持进行文学创作。1925年春，柔石怀着追求新知、寻觅新路的渴望到了北京，在北京大学当旁听生。

1928年1月，他被举荐为宁海县教育局局长。亭旁起义失败后，柔石掩护宁海县委特派员杨毅卿等同志出逃。之后，他只身奔赴上海，结识了鲁迅。1930年3月，中国左翼作家联盟成立，柔石曾任执行委员和编辑部主任，5月，柔石加入中国共产党，不久以"左联"代表的身份参加全国苏维埃区域代表大会。1931年1月17日，柔石因叛徒出卖被国民党军警逮捕，2月7日，他与殷夫等24位同志被国民党反动派秘密杀害。柔石一生积极从事新文化运动，代表作品有短篇小说集《疯人》《希望》《为奴隶的母亲》，中篇小说《二月》《三姊妹》，长篇小说《旧时代之死》等。

红色之旅

柔石故居位于宁波市宁海县跃龙街道西大街柔石路1号。故居为传统砖木式结构三合院建筑，由台门、天井及东西厢房、正厅组成。故居正厅中间立有一尊柔石的半身铜像，故居二楼设有柔石生平陈列室，介绍了柔石的人生历程。柔石故居现为浙江省爱国主义教育基地、浙江省党史教育基地、浙江省文物保护单位、宁波市中共党史教育基地。

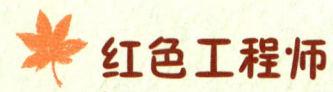
红色工程师

一位平凡的电气工程师，因为被美国著名记者斯诺在《红星照耀中国》一书中提到，他的名字被全世界知道了。但是，他背后的故事却是不平凡的。他就是徐承志。

徐承志，这位出身贫苦农民家庭的工程师，在族人的资助下读完小学，从宁波工业学校毕业后又到日本留学深造，立志工业救国。可留学不到一年他就回来了，因为他目睹祖国遭受外侵内乱，认识到不推翻帝国主义和北洋军阀反动统治，是不可能把中国从落后的农业国变成先进的工业国的。回国后，徐承志在多家工厂从事技术工作，在与工厂干部的接触中，他逐渐接受了马克思主义，走上了革命的道路，并在1923年成为上海电力行业第一位共产党员。随后，他多次组织工人进行罢工斗争，参与上海工人第三次武装起义。国民党反动派发动四一二反革命政变后，徐承志也遭到通缉，被迫离开上海回家乡鄞县隐蔽起来。其间，他编写了《工程图学》一书，这本书成了国内不少工业学校的教材。

1935年10月，中央红军到达陕北，与陕北红军会师。1936年，上海党组织派徐承志率领青年技术工人前往支援。他们一路冲破敌人重重封锁，历经千辛万苦，花了一个多月的时间终于到达保安，当时正遇上美国著名记者斯诺在陕北采访。因为英语好，徐承志同斯诺谈了好几个晚上。斯诺十分敬佩他，用了较多篇幅来记载他的事迹。斯诺在书中是这样说的："他在上海担任过顾问工程师，一年收入可达一万元（相当于一般职员的50倍左右），可是他放弃了这样的优厚收入，丢下了温暖的家庭，到陕北荒山中来，为共产主义事业贡献自己的力量。这简直让人难以相信，但这却是活生生的事实。"

徐承志到达陕北后，把自己的名字改为"朱一之"。"朱"是红色，象征着共产党，"一"是统一，意思是在中国共产党的领导下，彻底解放苦难的中国人民。在他的革命生涯中，无论身处何种艰难困苦的环境，他都始终坚持共产主义理想信念，实践

着为共产主义事业奋斗到底的钢铁誓言。1936年,他因患病经党组织安排回到上海医治,但为党工作的脚步从未停歇。他用自己的积蓄为八路军武汉办事处购买机床,并建工厂为八路军桂林办事处生产抗战物资、筹划抗日经费,最后又把用生命誓死保卫的工厂交给了新中国,就如斯诺对他的评价:"有一种殉道者和热心家的精神。"

人物档案

徐承志（1900—1989），又名徐诚炽、朱一之，鄞县通远乡（今属宁波市海曙区）人。

1900年，徐承志出生于一贫苦农民家庭。1916年，他从宁波工业学校毕业，并于次年至汉阳兵工厂实习，1918年赴日本深造，并于同年到上海中华职业学校任教。1920年末，他进入上海美商慎昌洋行工作，后任动力设计部制图组长、设计师，1923年，任杨树浦发电厂试验部盛尔生主任的工程助理，并于当年加入中国共产党。他积极参与工人运动，组织并领导了多次罢工斗争。

1933年，徐承志在中华铁工厂任顾问工程师，并与党恢复了联系。他得知陕北中央根据地技术力量非常缺乏，就动员并率领徐金林等技术工人赴陕北参加工农红军，在吴起镇红军供给部工作。新中国成立后，他曾任北京电子设备总厂主任工程师、顾问。晚年的徐承志双目失明，仍以厂为家，指导技术工作。

"功比大禹"的红色翻译家

你是否听过大禹治水的故事？在远古时代，洪水滔天，老百姓没地方住，没东西吃，民不聊生，苦不堪言。一位叫大禹的部落首领，采用疏导的办法，把洪水引到大海里去。大禹三过家门而不入，终于治理好了洪水，拯救了百姓。在宁波，曾走出了一位红色翻译家，毛泽东评价他"功不在禹下"，他就是吴亮平。

在大学期间，吴亮平一边读书，一边参加工人运动。1925年，在党组织推荐下，吴亮平远赴莫斯科中山大学学习。在莫斯科，吴亮平仅用了一年时间就掌握了俄文，并当上了翻译。他参加了《共产党宣言》《国家与革命》等著作的校译工作，并于1927年加入中国共产党。1929年，当他在报纸上读到关于中国革命的报道，尤其是毛泽东的文章时，他受到很大鼓舞，觉得自己应该投身到国内火热的革命斗争中去。

回国后，吴亮平在中共中央宣传部的指示下，与鲁迅等人建立联系，筹备成立"左联"等革命文化团体，同时主编《环球》杂志，编译和撰写有关国际政治形势和各国革命运动发展状况的文章。1930年，他在中共法南区委工作的同时，翻译了由恩格斯创作的有着"马克思主义的百科全书"之称的《反杜林论》全本。

《反杜林论》理论高深，文字深奥，特别是杜林的话让人费解。吴亮平为了提高译文的准确性，就在德文版本的基础上，参照俄文和英文两种译本进行比对翻译。到了夏天，吴亮平一面蜷伏在小小的亭子间里，挥汗如雨地翻译着，一面还要时时防范国民党特务的跟踪、盯梢。这时候，他仅仅依靠在一所大学代课的微薄收入维持生活，吃饭更是有了上顿没下顿。在如此艰难的环境下，吴亮平仅用了三个月的时间，就将一部长达27万字的辉煌巨著成功译出。这一年，他刚满22岁。从此，这部不朽的马克思主义重要文献就在中华大地扎根发芽，出版后大受读者欢迎。毛泽东在长征中一直将《反杜林论》带在身边。

1936年7月至10月，美国著名记者斯诺来到陕甘宁边区，实地采访毛泽东、朱德等共产党人，第一次向世界揭示了红军二万五千里长征这一壮举。当时吴亮平负责接待和安排采访工作，并担任翻译。斯诺对吴亮平的印象是这样的："吴亮平在我会见他时才28岁，是位双颊红润、春风满面的青年，才思敏捷的知识分子，已是党内有一定声望的马克思主义理论家。毛泽东对他显然颇为赏识。"斯诺根据采访所写的大量报道，后来汇编成《红星照耀中国》一书。

　　毛泽东曾这样评价吴亮平："吴亮平20世纪30年代翻译了《反杜林论》，把马克思主义引入中国；后来在陕北为我和斯诺谈话作翻译，把中国共产党和中国革命介绍到世界。大禹治水是用疏导的办法，有进有出，吴亮平在翻译上这一进一出，意义很大，其功不下于大禹治水，即'功不在禹下'啊！"

人物档案

吴亮平（1908—1986），又名吴黎平，奉化吴家埠人。

1908年，吴亮平出生于奉化吴家埠村。1925年11月，吴亮平由党派往莫斯科中山大学学习，并于1927年加入中国共产党。1929年7月，吴亮平从苏联回到上海，在中共中央宣传部任职，参与筹组中国左翼作家联盟。

新中国成立后，他曾任中共中央财经委员会组长、化工部副部长、中共中央党校顾问等职。吴亮平长期从事马克思主义著作的编译、研究和传播工作，为推进马克思主义中国化做出了重要贡献。

红色之旅

吴亮平故居位于宁波市奉化区莼湖街道吴家埠村。那两层木质老屋虽然历经沧桑，但依然静静矗立着，仿佛诉说着这位无产阶级政治活动家、马克思主义理论家和翻译家不平凡的人生。

朱洪山的"公馆"

当年,四明山革命根据地有许多"公馆"。查一查手头的词典,公馆的意思是富人或公家所造的馆舍。拿今天的话来说,就是高级住宅、山间别墅。可是在革命年代,四明山上哪来什么"公馆"呢?

四明山的"公馆"其实就是用毛竹、茅草搭成的草舍。当时如果是用竹子搭的,游击队战士就叫它"竹公馆",如果是利用了岩洞的就叫它"石公馆"。1945年9月,新四军浙东游击纵队和党政机关北撤,浙东区党委决定成立留守处,朱洪山任留守处副主任。朱洪山曾经写过一首记录他们"公馆"生活的快板诗,见证了那段峥嵘岁月:"深山密林'小公馆',金毯铺顶金条围四边。不动椅子自动桌,囫囵眠床沙发垫。长年不断自来水,烧饭做菜不冒烟。不是无聊享清福,只为革命做'神仙'。"

为了安全起见,战士们不住村庄,而是把"公馆"搭在深山冷岙,所以说是"深山密林小公馆"。"公馆"的顶是用山上的茅草搭成的,墙就是在四周围上竹木,所以说是"金毯铺顶金条围四边"。"公馆"里面将石凳当"不动椅子",将膝盖当"自动桌",将柴草当"沙发垫",以溪水为"自来水",一个完整的"公馆"就是这样的了。

"公馆"的生活十分艰苦。米、盐、油都要从山外的市场购买,可是白天有敌人盯梢,不好往山里运,同志们只能夜里行动。夜里,为了不暴露目标,走路也不能打灯笼、照手电筒,大家你拉着我,我拉着你,往往送一次粮食,得花一夜的工夫。要是粮食不够吃,同志们就摘野果、挖野菜充饥,比如春天的竹笋、夏天的野梨、秋天的毛栗、冬天的藤铃都是珍贵的"口粮"。烧火做饭时冒出的烟容易被敌人发觉,所以做饭也只好在夜里进行,一顿饭下来,同志们常常被熏得眼泪汪汪。朱洪山是近视眼,戴着一副近视眼镜,有镜片挡着,眼睛就好受很多。同志们都说,等革命胜利了,也要整副眼镜戴戴,神气神气。

住"公馆"最难挨的日子莫过于大雪天了。冰天雪地的山谷里分外冷,人待在"公馆"里冻得牙齿直打架。大雪封山,吃饭成了问题,这时候的敌人也更加狡猾,凭着雪地里的脚印就能抓

到游击队战士。

怎么办？人民的智慧是无穷的。朱洪山与同志们商议后，终于想出个好办法。在走路的时候，背后拖上两根带竹枝的竹梢，人一走动，竹梢随后就会把人的脚印扫平，也就看不出脚印了。后来，山上的好多"公馆"都采用了这个办法，躲过了敌人在大雪天的追捕。

在四明山极其艰苦的条件下，朱洪山等同志胸怀革命理想，不畏艰难困苦，坚持斗争。朱洪山牺牲后，人们用他的名字命名他生前战斗过的地方——洪山乡（今余姚市陆埠镇洪山村），将他教过书的壶潭小学改名为洪山小学，以永远纪念这位充满乐观主义精神的革命战士。

人物档案

朱洪山（1917—1946），又名树春，慈溪庄桥（今属宁波市江北区）人。

1917年，朱洪山出生于慈溪。11岁时，因母亲病故，父亲将他寄养在上海的叔父家中。小学毕业后，他到上海虹口栈业公会做勤杂工，开始了半工半读的生活。工作之余，他接触到一些进步知识分子，阅读了一些宣传马列主义的册子，革命的火种就此埋在了他的心中。抗日战争全面爆发后，朱洪山赴山西临汾刘村八路军学兵队学习。

1938年春，他以优异的成绩从八路军学兵队结业，根据指示回到浙江从事抗日救亡的宣传工作。1940年5月，朱洪山到奉西壶潭小学教书，同时发动和组织群众开展抗日救亡工作。1945年9月，新四军浙东游击纵队和党政机关北撤，浙东区党委决定成立留守处，主要负责安定人心，收回抗币、粮票，安置遣散人员，处理遗留物资，开展隐蔽斗争等，朱洪山担任留守处副主任。1946年12月31日，朱洪山在鄞西潘岙村工作时，被敌人包围。他率先发现敌人，立即鸣枪报警，并把敌人引向自己，终因寡不敌众，壮烈牺牲。

红色之旅

渚石坑公馆复原建筑位于余姚市大隐镇芝林村浙东小九寨景区内。新四军浙东游击纵队北撤后，国民党反动派重兵"清剿"四明山，留守的同志隐蔽到慈南地区，用毛竹、茅草等搭建草舍，并取名为"公馆"。该建筑就是对"公馆"的复原，展示了抗战时期艰苦的生存环境下中国共产党人的革命乐观主义精神。

"比小草还小"的大翻译家

"离离原上草,一岁一枯荣。野火烧不尽,春风吹又生。"白居易诗中的野草顽强不息,生命力令人震撼。20世纪,宁波走出了一位自诩"比小草还小",曾表示来到这个世界,就是要为世界增添一点绿色的文学翻译大家,他像一株劲草,笔耕一生,追逐着自己的梦想,他的名字叫草婴。

草婴一生致力于俄罗斯文学翻译事业,但在62岁之前,他并未去过苏联。1985年,草婴第一次去苏联时,当地人对草婴流利的俄语感到惊讶,问他在哪里学的,他幽默地回答:"在上海的'俄罗斯大学'"。

时间回到1938年3月,15岁的草婴通过报纸上的一条俄语学习班的小广告,开始了他的俄语学习之路。草婴和俄语老师约定一小时俄语课一块钱,一个星期学一小时。每次上课,老师念一句,草婴就跟着念一句,在一年多时间里,他把俄语教材《俄文津梁》背得滚瓜烂熟。为了进一步学习,草婴准备去内山书店买一册《露和辞典》(《俄日辞典》),借助日语中的汉字间接解决学习俄文时会遇到的难题。然而到那里去必须经过外白渡桥,当时桥上有日本宪兵站岗，任何人经过都必须脱帽鞠躬。

去买书的那天，草婴故意不戴帽子，免得在日本人面前脱帽。这次买书一切顺利，但那种殖民统治下的屈辱感令草婴终生难忘，这也使他动了转学的心思。草婴原本在上海雷士德工学院附中念中学，可以留在那里继续读高中，可是当时学校即将搬迁，新校舍地处上海虹口日租界。这意味着，住在市区的草婴每天进出虹口时，免不了要向持枪的日本兵脱帽低头，他实在不愿忍受这种亡国奴式的侮辱。为此，他转入了松江二中。

草婴目睹了日本侵略中国期间，普通老百姓所遭受的不幸与苦难。同时，他通过接触的一些文学作品和新闻，对苏联产生了浓厚的兴趣，他感到那是一个充满光明与希望的国家。因此，他有了一个强烈的愿望，那就是学好俄语，将俄语著作翻译过来并传播出去，以减少中国老百姓的苦难。

经过几年的语言学习，草婴开始了他的俄罗斯文学翻译事业。1942年，他首次使用"草婴"这个笔名，在《苏联文艺》第二期发表了第一篇译作——苏联作家普拉东诺夫的短篇小说《老人》。在接下来的几十年里，他持续翻译了多部重要作品，其中包括肖洛霍夫的《一个人的遭遇》，莱蒙托夫的《当代英雄》等。

1978年，已近暮年的草婴购买了一套最新俄语版的托尔斯泰的文集，他要用自己的余生完成《托尔斯泰小说全集》的翻译。从那以后，每天上午8点到12点成为草婴雷打不动的翻译时间，日平均翻译1000字。12点之后的两个小时是吃饭、午休时间。下午的2点到4点，他开始不断修改、校正上午的译文，晚上再准备第二天要翻译的内容。

在翻译《战争与和平》时，为了弄懂弄清所有人物关系和情节起源，草婴将其中559位人物制作成559张卡片，把每个角色的姓名、身份、性格特点写在上面。他本人就像导演一样,今天谁出场,要翻译哪一段,把每个出场人物相互之间的关系都烂熟于心。

正当草婴像苦行僧一样沉湎于译作时,他的大女儿不幸患上了绝症,回到上海进行治疗,就住在他书房隔壁。目睹女儿受苦,草婴夜里哽咽着对妻子说愿意自己减寿,来分担女儿的痛苦。但到了白天,他还是准时去书房"上班"。也就是这一年,历经6年翻译的《战争与和平》四卷本出版了。他事后对友人说,女儿去世是莫大的损失,但如果不争分夺秒地去翻译,也是一种损失。

正是凭借这种超乎寻常的冷静与坚韧,草婴终于以一人之力用20年时间完成了《托尔斯泰小说全集》的翻译出版,这一壮举在全世界都是独一无二的。

人物档案

草婴（1923—2015），原名盛峻峰，慈溪骆驼桥（今属宁波市镇海区骆驼街道）人。

1937年7月7日，抗日战争全面爆发，同年12月，草婴随家人避难上海。1938年，草婴开始学习俄语，对俄罗斯文学产生了浓厚兴趣，并由此踏上了翻译之路。

1942年，他发表了第一篇文学译作《老人》。1952年后，他为人民文学出版社、新文艺出版社、中国青年出版社、少年儿童出版社及上海文艺出版社翻译俄国和苏联文艺作品。1960年，他参加《辞海》的编辑工作，任《辞海》编委兼外国文学学科主编。1998年，草婴完成了《托尔斯泰小说全集》的翻译出版。草婴是我国第一位翻译肖洛霍夫作品的翻译家，也是第一位获得"高尔基文学奖"的作家。

巾帼英雄

古有妇好、木兰出征，今有杰出的革命女性。在家国危难时刻，她们披上战袍，冲锋在沙场的最前线，活动在后方的最基层。她们虽为女儿身，却巾帼不让须眉，用自己的实际行动为新中国的成立做出了突出贡献。

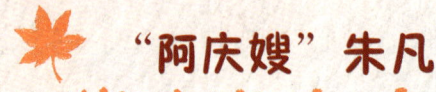"阿庆嫂"朱凡

垒起七星灶，铜壶煮三江。
摆开八仙桌，招待十六方。
来的都是客，全凭嘴一张。
相逢开口笑，过后不思量。

这是曾经红遍大江南北的现代京剧《沙家浜》中的经典唱段。关于《沙家浜》中人物阿庆嫂的原型一直有多种说法，其中有一种较为靠谱的说法为阿庆嫂的原型是宁波籍革命烈士朱凡。

朱凡在上海务本女中读书期间，阅读了大量的进步书籍，"国家兴亡，匹夫有责"深深烙在了她心里。抗日战争全面爆发后，朱凡积极投身抗日救亡活动，参加了党的外围组织雪影社，到难民收容所当义工，到难童教养所当老师，这些经历使朱凡思想逐步成熟，坚定了投身革命的决心。她还特意把自己原本富有江南韵味的名字"陆慧卿"改为"朱凡"，她曾解释说朱是红色，代表共产党，代表革命，她要做红色队伍里的平凡一兵。

1939年秋，朱凡离家奔赴苏（州）常（熟）太（仓）抗日游击根据地。临别，她激动地对弟弟说："我是一只小小的海燕，

将自由地飞翔在惊涛骇浪之上。"到了抗日游击根据地,朱凡先后以校长、流动教师身份作掩护,从事抗日宣传工作。不论烈日暴晒,还是刮风下雨,她到处奔波,还经常和乡亲们一起下地干活。在艰苦的环境下,朱凡改梳精干的短发,白皙的脸庞也变黑了,但她不介意,在给家人的信中说:"我从来没有像现在这样愉快、兴奋。"

1940年,朱凡加入了中国共产党,先后担任中共横泗(今沙家浜)区委书记、中共辛莫区委书记。她还多次与盘踞在太平桥的土匪司令胡肇汉"智斗"。

有一次,胡肇汉一伙匪兵企图窜到张泾村抢劫新四军办的商店。消息传来,村民们都很担心。

"乡亲们,他们有枪,如果硬拼,我们肯定要吃亏的,所以要智取!"朱凡语重心长地说。

"对，不能硬拼！那我们怎么智取呢？"一位花胡子大爷问道。

"我们的优势是人多，把我们所有的自卫队员动员起来，要勇敢主动地出击，把敌人赶走打跑，让他们以后再也不敢来！"朱凡看着队员们信心十足地说。

"对，让他们以后再也不敢来！"拿着大刀、红缨枪、锄头、铁锹、耙子的队员们异口同声地说。

"我们还要发动群众在河两岸呐喊助威，不让他们踏进村子半步。"朱凡的话正中大伙的心意。

"好主意！就这么办！"顿时，四周响起阵阵掌声、吆喝声。

当胡肇汉一伙人来到村外时，村自卫队员中的年轻力壮者在朱凡的领导下，挥舞着手中的"武器"，快速向胡肇汉一伙扑去，其他群众同时高喊着："不许进我们村子抢东西！"胡肇汉一伙一下子被这样的场景吓住了，还没缓过神来就赶紧逃走了。

1941年，日、伪军对苏常太地区进行大规模"清乡"。根据上级指示，在苏常太地区的武装力量和外来民运工作干部可以相继撤离，朱凡也在撤离名单之中。是撤还是留？她坚定地选择了留。7月下旬的一天早晨，朱凡召集留下来坚持斗争的部分同志开会，因叛徒出卖，朱凡在掩护同志撤退时不幸被捕。日军对她威逼利诱、严刑拷打，逼她讲出新四军活动地点和给养物资的情报，但她忍住剧痛，咬紧牙关不说一个字。最终，毫无人性的敌人将她杀害于昆承湖中。

人物档案

朱凡（1919—1941），原名陆慧卿，鄞县下应（今属宁波市鄞州区）人。

1919年，朱凡出生于鄞县下应江六村的一户人家，幼年家境殷实，后随父母举家迁到上海闸北。朱凡是家中长女，从小勤学善思，在父母忙于生计时，还常常帮忙照看弟弟们，形成了独立、肯吃苦的性格。朱凡读书时参加了声援一二·九运动的游行示威活动。抗日战争全面爆发后，她积极投身抗日救亡活动，参加了党的外围组织雪影社。

1939年秋，朱凡奔赴苏（州）常（熟）太（仓）抗日游击根据地，先后以校长、流动教师身份作掩护，动员和组织群众积极支援抗日斗争。1940年，她加入中国共产党，先后担任中共横沔（今沙家浜）区委书记、中共辛莫区委书记。1941年7月，朱凡穿过封锁线到辛莫区辛庄的一个尼姑庵召开会议，因叛徒出卖，在掩护同志撤退时不幸被捕，后被日军残忍杀害。

红色之旅

朱凡烈士事迹陈列馆位于宁波市鄞州区君睿社区陆氏宗祠内。在通往陈列馆的路上，一座三米多高的红色芦苇雕塑耸立于主干道边，该雕塑象征着被朱凡烈士鲜血染红的芦苇荡。馆内通过图文、视频、实物、雕塑等形式，生动展现了女学生陆慧卿成长为革命女战士朱凡的过程，以及她为革命事业壮烈牺牲的短暂却又辉煌的一生。

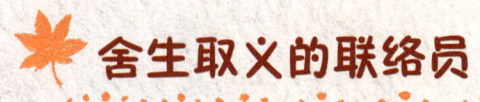

舍生取义的联络员

"春假一别,竟成永诀。……今天要说的话毕竟是太多了,但已经来不及说,同时也不允许我说,引以为憾!我是牺牲了,望各位不要难过。惟望缘、平两儿多照顾,待他们长大成人,请告诉,我是为了人民顾不得儿女,请他们原谅我……"这是革命烈士冯和兰在狱中诀别之际,写给家人的一封信。信中字里行间尽显对亲人无尽的牵挂,也体现了她对革命事业的坚定信念。

冯和兰身材娇小、性格温柔,但在这柔弱的身躯里,有着一颗坚不可摧的心。1947年4月12日,冯和兰去联络站汇报情况,发现门是虚掩着的。正当她疑惑地走近向里面一看,大吃一惊,里面有很多陌生的面孔正在鬼鬼祟祟地窥视外面。这时,冯和兰意识到这个联络站可能已经被敌人破坏了。敌人为了诱捕还不知情的党的地下工作人员,故意让门照常开着。当她正要退出来走进一旁的小弄堂时,猛然发现挂在门上的那束作为安全信号的黄色菖蒲还在随风飘动。

"不好,安全信号不摘下来,不知情况的同志们会继续上当,我要马上摘除它。"她觉得一刻也不能迟疑了,立即一步上前，举手奋力向上一跳，把那菖蒲拉了下来。这下别的同志就不会再上当了。她感到心中的一块石头落地，长舒了一口气，便急转身向弄堂走去。

"冯老师，你回不去了！"一个声音在她背后响起。冯和兰转身见到一个戴着草帽的陌生人，她瞪了他一眼，忽然想到口袋里还有一份情报没有送出去。她立刻从口袋里摸出一个纸卷，搓成一个团，装作擦鼻涕的样子，赶快把纸团往嘴里一塞，像咀嚼一块硬实的牛皮糖似的嚼起来。

"快，快，快掐住她的喉咙！不要叫她咽下去！"这时从屋子里奔出来一个特务，像饿虎似的扑向冯和兰。但冯和兰使劲嚼

了两口，脖子一梗，硬是把它咽了下去。就这样，情报销毁了，同志们安全了，冯和兰却当场被捕。

在狱中，冯和兰受尽敌人的各种酷刑折磨和重金引诱，依然严守党的秘密，决不投降。她把家中亲友寄来的大部分钱物都分给难友，还对监狱的看守做教育争取工作，帮助看守打毛线，缝补衣服、鞋袜。过去被反动派欺骗了的看守，看到她的这些举动深受感动，一个年老的女看守感叹道："想不到共产党都是这样的好人。"

人物档案

冯和兰（1917—1947），鄞县石碶（今属宁波市海曙区）人。

1917年5月18日，冯和兰出生于石碶冯家村的一户人家。她自小聪明好学，12岁初小毕业，因家庭经济困难而辍学，跟着母亲学习编织草帽，帮助家里维持生计。1936年秋，她自筹学费考入县立女子中学。

1938年春，冯和兰在横河乡公德小学任教，积极投身抗日救亡运动。1939年4月，冯和兰加入中国共产党。1946年春，冯和兰深入上阳地区组织发动农民开展革命活动。1946年7月，她任后塘乡小教支部书记。她以教书为掩护，秘密领导支部整顿组织，建立联络站，进行革命活动。1947年4月12日，冯和兰不幸被捕。1947年11月6日，冯和兰被押赴草马路刑场，英勇就义。

党的好女儿肖东

1920年1月30日,鄞县和益乡一户农民家里,一个小女孩诞生了,取名阿菊。到了9岁上学的时候,家里人为她取了个学名叫董鹤棣。参加革命后因为个子较小,同志们都亲切地叫她小董,后来就写成了"肖东"。卢沟桥事变后,肖东主动参加抗日救亡运动,表现十分活跃,并于1939年加入中国共产党。

1942年下半年,国民党发觉肖东与共产党有着密切联系,要逮捕她。她被迫离开家乡,以卖文具为掩护暂住陆埠。同年11月15日,胞弟董槐庭结婚,她回到家里参加婚礼。这天晚上,喜酒刚吃完,敌人就进村了。

"你们不要慌,敌人查问时候,就说我已经回去了,现在到翻石渡舅舅家去了。"肖东一边宽慰父母和家人,一边走进房间开始换装。她把辫子解散,挽成发髻,穿上老婆婆的衣裳,系好长裙遮住"大脚",再戴上包头,俨然一个老婆婆的样子。然后她在门口朝里坐定,椅子旁边放一根拐杖。

"老太婆让开点!"敌人来到家门口,只注意年轻人,对坐在门口碍事的"老婆婆",就随便看了一眼,还边推边骂。于是，肖东就顺势拿起拐杖，自言自语地走了出去。

家里人根据先前的嘱咐，对敌人"笑脸相迎"，还请他们吃酒。肖东就这样机智地脱险了。

1945年8月，抗日战争胜利后，国民党反动派调集各种武装力量对四明山根据地进行大"围剿"。新四军浙东游击纵队奉命北撤，肖东由于机智胆大、洞察力强，善于开展隐蔽工作，又与地方群众建立了深厚的感情，便留下来与敌人继续斗争。肖东历任虞东区特派员、区委书记、区武工队指导员等职。在此期间，她积极发动群众抗丁抗粮，动员青年参军，恢复和扩大党的组织，并在永和、朱巷、谢家桥和南山建立了人民政权，开辟了虞西新区。

1948年正月里的一天，肖东边晒太阳边学习，敌人突然闯了进来，群众帮她藏好资料，并交给她针线包和破衣裳，让她假装补破衣服。敌人查问时，肖东张张嘴，摆摆手，假装不会说话。敌人问群众，他们答复说："她不会说话，都是村里的。"她就这样混过了敌人的查问。夏巷村有位姚大妈，没有子女，把肖东当作亲生女儿，肖东也把大妈视作亲生母亲。一次敌人进了村，肖东来不及躲避，就在大妈家扫地、擦桌子忙个不停。敌人盘问时，大妈淡定地说："这是我亲生女儿。"敌人看不出破绽，就离开了。

1948年6月21日，肖东为了筹集经费赴上虞南山，归途中因帮助一位叫桂菊的女同志，不幸被敌人发觉，于第二天被捕。起初，敌人怀疑桂菊是他们要抓捕的人，其实，他们真正要抓的人是当时化名董菊芬的肖东。为了不让同伴遭受酷刑，肖东直接承认"我就是董菊芬"，敌人凶相毕露，对其严刑拷打。

"你只要把这里还有多少党员、都有什么人讲出来，这对你没有一点损失，你何苦不说？若再不肯说，我还要打你！"

"你把我打死也休想从我嘴里得到一个字！"

第二天再次审讯时，敌人逼她交出党组织和党员名单。她说："党中央在延安，共产党员有百万。"在狱中，她给党组织写了一封信："亲爱的妈妈，我一切都好，请你放心，我一定为妈妈争气，决不辜负你的培育之恩……"这封饱含深情与忠诚的信，写在1948年"七一"前夕，是肖东在狱中写给党组织的最后一封信。

人物档案

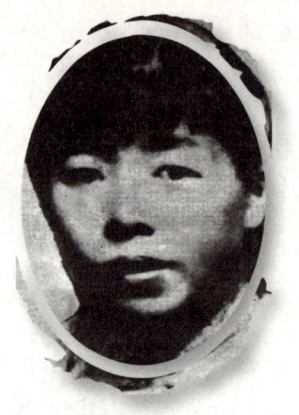

肖东（1920—1948），原名董鹤棣，又名董鸣九、董菊芬、董阿菊，鄞县和益乡（今属宁波市鄞州区）人。

1920年1月30日，肖东出生于鄞县和益乡一个贫苦农民家庭。少年肖东学习勤奋，成绩优异，但终因家境困难，无奈辍学。1937年卢沟桥事变后，肖东毅然投身于抗日救国运动中。1938年上半年，和益乡举办壮丁骨干训练班，肖东被选中。1939年4月6日，中共鄞南区委周韩支部成立，肖东加入中国共产党，并以教书为掩护进行革命活动。

1941年秋，党组织派遣肖东与同村周慧娣、邵杏菊一起打入驻在鄞南李家塔地区的国民党挺进队。肖东很快掌握了收发电报的技术，摸清了敌情，并及时向党组织传递情报。1942年，肖东的身份暴露，党组织决定将其调离鄞县。新四军浙东游击纵队北撤后，肖东先后任虞东区特派员、区委书记、区武工队指导员等职。1948年6月，肖东不幸被敌人逮捕，并于9月12日牺牲。

红色之旅

　　肖东烈士纪念碑、陈列室位于余姚市兰江街道郭相桥村前溪湖畔。陈列室建筑面积为280平方米，陈列的史料较翔实地展示了肖东等革命先烈可歌可泣的英雄事迹。

"谢团长"的辣椒计

在余姚西北平原的黄家埠镇，有一个叫十六户的村子，这里有一座红色纪念馆。在这座纪念馆的显著位置，有一张相片特别引人注目：一弯笑眉，一身戎装。相片里的女子叫谢飞，原名谢琼香，是一位参加过二万五千里长征的女红军，是一位让十六户村村民不能忘却的传奇女将。

抗日战争时期，十六户村地处余姚、慈溪、上虞三地交界带，是浙东抗日根据地中浦东、三北、四明三大地区的重要节点，也是抗战物资生产、集散的重要基地。1945年1月，谢飞受党组织委派，担任中共余（余姚）上（上虞）县委书记兼组织部部长、余上自卫大队政委等职务，5月担任余上特务营政委。她率部队进驻黄家埠十六户村，与日、伪军展开斗争。

一天中午，侦察员送来紧急情报，说绍兴方向有300余个敌人偷渡曹娥江，妄图消灭余上大队。谢飞立即与部队参谋同志商量，大家认为这些敌人属于国民党杂牌部队，战斗力不强，既然来犯，就一定要把他们消灭。谢飞冷静思考后，认为大家的意见很有道理。于是，她巧妙地采用包围战术，命令部队主力分三路从三个方向进攻，自己带一支分队去抄敌人后路，结果敌人成了"瓮中之鳖"，缴械投降。被俘的敌军副大队长叹道："想不到我们会败在一个女人手下。"就这样，谢飞在余上地区一连打了好几个胜仗，敌人惧她怕她，闻其名便落荒而逃，老百姓敬她爱她，亲切地叫她"谢团长"。

1945年6月上旬，新四军浙东游击纵队乘胜前进，讨伐敌军。在这次战斗中，敌人死守许岙山头20多座碉堡，自诩为攻不破的浙东"马其诺防线"。尤其是"锦锋堡"，新四军运用迫击炮、手榴弹都无法炸毁，部队前进一时遇到阻力。

"我倒有个主意。"在作战会议上，谢飞提出了自己的想法，"咱不妨学学古人，在碉堡四周烧起干柴、辣椒，来一个火攻烟熏。"这一计策得到参谋长的赞同。随后，20麻袋干辣椒由几组人分别送往城外的指定地点。一切就绪，等到风向适

宜，30多名队员冲过敌军火力网，把干柴、干辣椒送到碉堡下一起点着。一时间，一股股浓烟伴随缕缕火舌随风翻滚，吹入敌人的碉堡。呛人的辣味和熏人的浓烟，令盘踞在碉堡内的敌人一刻也待不下去了，最后纷纷逃出举手投降。这时候，浙东游击纵队重点突破，多路进攻，余上特务营配合主力，取得了这场战斗的完全胜利。

在十六户村，谢飞只停留了不到一年，但"谢团长"这一称呼却被叫了几十年。谢团长也没忘记这段深厚的军民情。2007年，94岁的谢飞从北京致信十六户村父老乡亲，关心该村的新农村建设情况，并亲手写下"红色十六户"的题词，该题词如今就存放在十六户村红色纪念馆内。

人物档案

　　谢飞（1913—2013），原名谢琼香，广东文昌（今海南省文昌市）人。

　　1913年2月，谢飞出生于文昌茶园村的一个贫苦家庭。儿时的谢飞聪慧好学，胆识过人，13岁考入广东省立第六师范学校，在共产党人的影响下，积极参加革命活动。1927年8月，谢飞加入中国共产党。1934年10月，谢飞随中央红军参加了举世瞩目的二万五千里长征。

　　1943年初，谢飞受中共中央中原局委派，奔赴浙东抗日前线。1945年1月，谢飞担任中共余（余姚）上（上虞）县委书记、余上自卫大队（后改编为特务营）政委等职。新中国成立后，谢飞先后担任中央政法干部学校副校长、中央人民公安学院副院长、中国人民公安大学顾问等职。

红色之旅

　　红色通道十六户纪念园位于余姚市黄家埠镇西北角的十六户村。十六户村是姚西北地区的"革命红村""红色堡垒村",素有"南有横坎头,北有十六户"之称。在红色通道十六户纪念园内有牌楼、革命烈士纪念碑、纪念船、民俗记忆馆等建筑,全面呈现了革命战争年代姚西北红色历史文化。

深入虎穴的女市委书记

2010年,上海画家李斌创作了一幅反映南京解放的油画《424晴空万里·南京1949》。画面中一位身着白色旗袍的女性站在最前排,并与一位解放军指挥官握着手。这名温文尔雅的女子就是中共南京市委书记陈修良。她代表南京地下党与中国人民解放军第八兵团司令员陈士榘胜利会师。

抗日战争胜利后,陈修良被党中央派往南京,重新组建中共南京市委并担任书记。作为国民党的统治中心,在南京这个只有96万人口的城市,国民党的军政人员就达11万之多,中共南京地下组织连续8次遭受毁灭性破坏,8位中共南京市委的主要领导先后被杀害。面对残酷的环境,有人问陈修良难道不怕吗,她却坦然地表示,从加入共产党的那一天起,就把自己的生死置之度外了。这一年,丈夫沙文汉在送她赴任时,曾赠诗一首:

男儿一世当横行,巾帼岂无翻海鲸。

欲得虎儿须入穴,虎穴如今是金陵。

为了开展工作,陈修良对外的身份是富家太太。在街坊邻居眼中,她就是一个爱打麻将、成天到处玩乐的阔太太。而真实情况是，陈修良以玩乐为名，忙着四处走动，接触情报人员，指挥地下党工作。

有一次，陈修良从市委委员方休那里得知其妻弟是国民党高级特务，他刚从重庆来南京办事，要在家里住一段时间。方休建议，为安全起见，自己要与陈修良少来往，但陈修良则认为应按兵不动，静观其变。几日后，陈修良又来到方休家。

"我发现他把一个本子放在了我家的一只箱子里，好像是个密码本！"方休兴奋地告诉陈修良。

"那可真是太好了，你找机会看看到底是什么密码，但要千万小心，不要引起他的注意。"陈修良觉得此事要慎重。

方休趁这个亲戚外出，仔细翻看了密码本，原来是党中央极其需要的国民党军事密码。他立即向陈修良汇报。陈修良大喜过望，笑了笑说："老方，你是不是能够把它取出来，我们立即抄下来，但这件事一定要做得灵活、机密。"

一个下雨天，方休把这个密码本取了出来，交到陈修良的

手中。陈修良迅速找来情报人员争分夺秒地进行抄写，用了整整三个小时才把密码本抄完。抄完后，她又急匆匆地把密码本交还给方休。就在密码本"完璧归赵"的同时，中共南京市委情报系统负责人卢伯明拿着密码本的誊抄件踏上了前往上海中共情报局的火车。为了方休的安全，陈修良毅然决定把方休撤离到太湖工委，让他离开了南京。几个月之后，党中央来电嘉奖，高度评价这份密码对掌握国民党军队调动情况所起的重大作用。

根据上级党组织的指示，1948年，陈修良专门设立了以史永（沙文威）为主要负责人的策反系统。她先后策反了大批敌方精英，其中最为轰动的是对国民党空军轰炸机飞行员俞渤等人的策反。陈修良还策动了南京首都警卫部队97师起义、国民党海军"重庆"号巡洋舰的起义以及江宁要塞、南京大校场机场塔、431电台的起义。这些起义大部分发生在国民党的统治中心南京，对于瓦解敌军阵营，加速国民党政权的垮台，具有特别重要的军事和政治意义。

1949年4月渡江战役期间，陈修良领导南京地下党筹措大量船只，帮助人民解放军横渡长江，顺利进入南京城，解放南京。

人物档案

陈修良（1907—1998），原名陈逸仙，浙江宁波人。

1907年8月19日，陈修良出生于宁波市。母亲陈馥曾在不同历史时期照顾和收留中共地下工作者，甚至变卖家产资助他们，被人们称为"众家姆妈"。1925年，18岁的陈修良以优异成绩毕业于浙江省立女子中学。1927年，她加入中国共产党，1930年毕业于苏联莫斯科中国劳动者共产主义大学，回国后长期在上海等地从事地下工作。

1946年4月，陈修良任中共南京市委书记，在之后的几年中，为"第二条战线"的开辟以及解放战争的最后胜利做出了巨大贡献。新中国成立后，陈修良曾任上海市委组织部副部长、浙江省委宣传部代理部长等职。

鱼水情深

鱼儿离不开水,瓜儿离不开秧。在中国革命的奋斗史上,人民群众是中国共产党赖以生存、茁壮成长的土壤。走群众路线,获得人民群众的拥护与支持,让中国共产党能够战胜一切艰难险阻、经受住各种风险考验,从胜利走向新的胜利。

 众家姆妈

1925年初,宁波的共产党员、共青团员受组织委派,联络教育界一些开明士绅,出资创办了启明女中。女中学生陈修良的母亲陈馥积极支持师生参加反帝爱国运动,给女中捐钱捐物,还无偿提供部分房屋作为女中教师及一些党员的住所和联络地点,女中师生和许多共产党人都亲切地称她为"众家姆妈"。

1926年夏天,启明女中被当局关闭,党组织在秃水桥办起培英女校,陈馥又把家搬到附近,继续掩护党组织开展活动。1927年的一天,宁波地委在培英女校紧急召开党团员和活动分子会议,准备发动全市罢工、罢市、罢课运动,抗议国民党宁台温防守司令王俊的独裁统治。但就在此时,王俊下令全城宵禁,搜捕共产党员和革命分子。幸好陈馥通过社会关系,第一时间得到了这个消息,她心急如焚:地委领导和同志们还蒙在鼓里,如不迅速转移,全城的共产党员和革命分子将被一网打尽!

危急时刻,陈馥顾不得个人安危,三步并作两步走,一路疾行来到四岔路口,看到敌人五步一岗,十步一哨,街头还游荡着如幽灵般出没的特务。走了几步,陈馥发现几个身着黑衣裤的人

的手臂上都缠着白布条，似乎有什么玄机。她便一边走，一边从手提包里取出一块白手帕擦汗，岗哨见这位老太太用着白手帕，也不上前查问。

原来，司令部下令全城戒严，大批流氓、特务开展搜捕行动，均以手臂缠白布为暗号，所以当陈馥用白手帕擦汗时，岗哨以为是自己人，故而放行。陈馥就这样巧妙地闯过了敌人的道道封锁线，来到地委交通员家里，把自己知道的消息告诉他，让他赶快找出白布条戴上，并分头去通知其他同志迅速转移。由于及时传递了消息，党组织才避免了一场灭顶之灾。

可是危险并没有就此解除，中共宁波地委的负责人杨眉山、王鲲为了营救爱国人士庄禹梅，遭到王俊扣押。陈馥通过地方士绅向王俊说情，假称杨眉山是她聘用的教师，王鲲是她的表侄，要求探监。王俊信以为真，但只许送东西，不许保释。

随着宁波反动势力迫害共产党的行动加剧，杨眉山、王鲲被判斩决。消息传来，陈馥非常难过，她向时任宁波地委代理书记王家谟请示："王书记，你们出面不方便，我老太婆想订一桌饭菜，送送这两位同志，不知道能否成全？"王家谟写了一张"坚如钢铁、重如泰山"的字条，紧紧握住陈馥的手："众家姆妈，你要当心，谢谢侬！"陈馥把字条用锡纸包好，塞进了烧好的鱼的嘴中，并亲自冒险送入狱中，交到了两位同志的手上。这对为革命而牺牲的同志来说是莫大的安慰，也是对狱中继续斗争的同志一种强大的精神鼓舞。

杨眉山、王鲲牺牲后，陈馥为他们购置棺木、料理后事。大革命失败后，陈馥跟随共产党先后转移至杭州、上海。1937年，陈馥又出资买下上海巨鹿路的一幢小洋房，用作江苏省委秘密机关驻地，继续掩护革命同志……

人物档案

陈馥（1887—1975），原名袁玉英，浙江宁波人。

陈馥婚后育有双胞胎女儿陈修良和陈逸僧。五四运动时，陈馥受新思想的影响很深，她还和两个女儿一起积极参加五卅运动。她对革命青年视如己出，有困难无不帮助。因此大家把她当作自己的母亲一样，亲切地称她为"众家姆妈"。

1926年，启明女中教员蒋本菁被捕，暑假时学校被封，宁波地委就把党的文件转移到陈馥租的房子里。1927年夏天，浙江省委在杭州成立，陈馥随即就去杭州租了一所房子作为省委机关。陈馥不仅在宁波和杭州帮助掩护革命同志，还在上海进行各种掩护活动，默默救助了很多革命同志。

红色之旅

　　大革命时期中共宁波地委旧址纪念馆前身是启明女中，是中共宁波支部和中共宁波地委的成立之处。该纪念馆位于宁波市海曙区解放南路206弄17号，是一栋白墙黑瓦的二层小楼。纪念馆再现了大革命时期中共宁波地方组织带领宁波人民进行反帝反封建、反官僚主义斗争的场景，展示了革命先烈们在白色恐怖下经受严峻考验，与国民党反动派进行殊死搏斗、献身民族解放事业的光辉历史。

建岙妈妈

在鄞江镇建岙村的梅园革命史迹陈列馆里,有一间专门的展陈室,展示了一位叫钟仁美的"妈妈",在艰险恶劣环境下,率领全家冒着生命危险掩护干部的英雄事迹。这位钟妈妈被人们亲切地称作"建岙妈妈"。

抗日战争胜利后,国民党反动派对四明山进行"清乡""清剿"。面对国民党反动派的搜捕,地下党员只能采取隐蔽的方式开展活动。当时,钟仁美的长子唐根庆担任建岙党支部副书记,他说:"我弟弟参加三五支队,我们全家人都很拥护共产党,而且母亲与邻里的关系比较好。我毛遂自荐,让这些地下党员隐蔽在我家。"经党组织允许,建岙村的地下党联络站就设在钟妈妈家。

两层的瓦片房子里,地下党员住在二楼,钟妈妈一家人守在一楼。白天,这些地下党员隐蔽在楼上,洗脸吃饭,甚至连大小便都在楼上解决。钟妈妈和儿媳妇、小女儿一日三次送饭、送水上楼。夜深人静时,地下党员出去活动,她们又会把粪桶抬下楼清理干净。那段时间,全家人都很谨慎,甚至连自家的亲戚都不敢说实话。有一次,一位远房亲戚来钟妈妈家做客。突然,楼上发出一阵异响。亲戚问:"楼上什么声音,有人吗?"儿子反应很快:"我们这几天在楼上养了几只小鸡,估计又在闹腾了。"用一句谎言消除了亲戚的疑虑。

1947年的一天,有8位同志正在钟妈妈家休息。凌晨5点左右,建岙村被国民党反动派包围,四面村口都有轻重机枪封锁。反动派士兵挨家逐户搜捕三五支队队员和共产党员,眼看着就要搜到她家了。隐蔽在楼上的同志已将子弹上膛,准备与敌人进行最后决战。

危急关头,钟妈妈异常冷静,她缓步上楼对同志们说:"请同志们不要慌,切勿乱动手脚,听我在楼下安排。"她下楼捞了一篮年糕,和儿媳妇坐在楼梯边堵住上楼的路,同时假装编织草席。忽然,两个反动派士兵从后门进来,准备上楼搜查。钟妈妈

镇定自若地对一个班长模样的人说:"你看我们婆媳俩以织席为生,我家没有什么好东西,只有一点年糕送给你们当点心。"这两个士兵接过年糕后就乐呵呵地跑到隔壁邻居家去了。真是一篮年糕退敌兵,同志们对钟妈妈更加敬佩了。

人物档案

钟仁美（1892—1982），鄞县鄞江建岙村（今属宁波市海曙区）人。

钟仁美勤劳朴实、为人忠厚。抗日战争时期，她毅然送子加入革命队伍。解放战争时期，钟仁美家成为掩护共产党员、革命干部的秘密据点和联络点。金声、王圣章、陈爱中等常到她家开会，联系工作。她为革命干部安排食宿，在门口放哨，并与国民党军队巧妙周旋，确保革命干部的安全。1952年2月，宁波区专员公署特地送来大红木匾，上书"不避艰险 支持革命斗争"十个大字，表彰她对革命事业的贡献。

红色之旅

梅园革命史迹陈列馆位于宁波市海曙区鄞江镇建岙村。在抗日战争时期，梅园地区曾是中共宁波鄞西区委、鄞县（鄞奉）县委、四明地委机关所在地。陈列馆通过文字图片、实物展示等方式集中展现了英烈们为革命事业不屈不挠开展斗争的光辉历史。

四明山妈妈

在余姚陆埠镇袁岙村,有一组雕像引人注目。雕像正中是一位短发的年轻妈妈,她怀抱着襁褓中的婴儿,眼神里满是慈爱和坚定。她的背后是新四军战士与四明山群众依依惜别的场景。这组雕像取名为"四明山妈妈"。这位年轻妈妈的原型是袁岙村一位普通妇女翁大花。

1945年9月,抗日战争胜利,正当全国人民沉浸在喜悦中,期待和平到来之际,国民党撕毁和平协议,重新挑起内战。四明山地区的革命形势一下子变得异常紧张。浙东区党委书记谭启龙与爱人按照上级的要求,准备北撤。当时,他们的第二个孩子谭大凯才两个多月,正由袁岙村村民翁大花照顾。他们面临"两难"的选择:如果带着孩子行军,一路上危险重重不说,也无暇照顾孩子;要是把孩子留下来,一旦被敌人得知,怕是难以活命。

正当左右为难之际,翁大花主动站出来说:"让我跟去吧,我来照顾你们的孩子。"

翁大花没读过书,也不懂太多大道理,但自从三五支队驻扎在四明山后,她看到这些战士与村民同吃同住,为了能让山里的穷苦人翻身做主人，他们浴血奋战，甚至献出了宝贵的生命。现在部队遇到了难题，翁大花认为是到了报答的时候了。

一开始，谭启龙没有答应，因为翁大花自己的孩子裘明星也才四个多月，也需要母亲，更何况北撤路上危机四伏，不知道会遇到什么不测。但看她态度坚决，加上形势紧迫，最终还是同意了她的请求。

第二天一早，天刚蒙蒙亮，部队紧急出发，分别的时刻到了。看着沉睡中的孩子，翁大花抚摸着他那肉嘟嘟的小脸，再也控制不住自己的情绪，眼泪打湿了被子的一角。她不知道何时才能再见到自己的孩子。集结的号角再次响起，翁大花擦干眼泪，握了握丈夫和妹妹的手，头也不回地冲出了屋子。这一走，便杳无音讯。

四年后，宁波解放了。满怀期盼的裘家父子俩等来的却是翁大花已经去世的消息。原来，当年翁大花跟着部队一路北上，她带着谭启龙的两个孩子，从四明山一直走到沂蒙山。不幸的是，翁大花于1947年在沂蒙山区因病去世。

1992年，谭启龙带着谭大凯回到裘岙，还去见了裘明星。说起往事，他满怀感激，告诉儿子："大凯，你是吃四明山妈妈的奶长大的，你不能忘了四明山人民，明星是你的哥哥，他也是我的儿子。"

不只谭大凯，当年新四军浙东游击纵队政治部主任张文碧的儿子张溪、四明地委书记陈洪的儿子舒小洪、邱子华烈士的女儿曹小华等，都是四明山的妈妈们养育的。四明山的妈妈们体现出了一种超越血脉亲情的人间大爱，更展示了烽火岁月中党和人民的鱼水深情。

红色之旅

"四明山妈妈"雕像位于余姚市陆埠镇袁岙村,以"翁大花舍子北撤,谭启龙认子情深"的故事为创作原型。雕像用花岗石雕成,高6.6米,宽7米,旨在让人们永远铭记那些浴血奋战、英勇献身的革命先烈,弘扬军民鱼水深情和红色革命精神。

南渡浙东第一船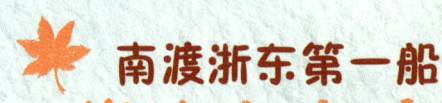

在浙东敌后抗日根据地"海上门户"古窑浦革命历史陈列馆里,陈列着一只船模。它在外观上与其他木船并没有不同,但底舱却有所区别。其底舱平而高,中间有隔层,吃水很深。当地人叫这类船为"高梢"。在战争年代,这艘船往来于浙东与浦东之间,专门用来秘密运输武器装备等物资,为革命立下了汗马功劳,被誉为"南渡浙东第一船",它的主人是上海南汇人黄矮弟。

黄矮弟出生在海边,颇具经营头脑的他买了一艘名叫"新得利号"的海船,做起了海上运输的营生。贩盐,买卖海鲜、棉花、粮食乃至生活日用品,只要是能挣钱的,他就敢尝试。随着生意越做越大,他带领附近的村民一起经营,建立了一支拥有8艘船的水上运输队,其中最大的一艘就是载重约八百担的"新得利号"。黄矮弟为人热心,一身正气,在村民中有口皆碑。他拥护革命,创办的盐行、饭店、茶馆等也成了地下党员开展活动的秘密联络站。

1941年4月,根据抗日战争的形势,党中央指示上海浦东抗日部队南渡浙东，开辟敌后抗日根据地，开展游击战争。从浦东到浙东，最安全的路线是乘船过杭州湾，但是部队的人大多没出过海，而且很有可能遭遇日军巡逻艇和海匪，风险很大。困难时刻，党组织第一时间找到了黄矮弟，请他帮忙找船南渡。第一批南渡人员有50余人，这么多人怎么渡海呢？黄矮弟考虑再三，想出一个比较周全的办法："没事，全部坐我的船走，干脆让大家都扮成张阿六队伍的成员，歪戴帽、斜背枪、嘴叼洋烟，如果真到了万不得已的时候，咱就和他们干！"经过研究，党组织同意了这个方案。

原来，当时的海上经常有海匪出没，有很多生意人暗遭毒手。黄矮弟思前想后，想到了与海匪头目张阿六搞好关系，这不仅畅通了自己的海上商路，而且为后来打通海上红色通道做好了准备。5月10日，南渡指战员经过整装后，登上了从浦东出发的"新得利号"。黄矮弟特意做了一面特大的张阿六队伍的黄旗插

在船头，还在船尾插了一面日本的旗帜。船过杭州湾的滩浒山、雪焦山时，遇到两批伪军的巡逻艇，还遇到一艘海匪船。当彼此接近时，对方看到了张阿六的黄旗，都以为是张阿六亲自出巡，船只交会时，还拉响三声汽笛，表示敬意。就这样，黄矮弟的船顺利地渡过了杭州湾，南下到了浙东余姚西北与上虞交界地十六户湾歇脚。经过短暂的休整，南渡人员继续前往姚北相公殿北面的海滨登陆。因为黄矮弟与当地的保长、商行老板们熟悉，所以由他们担任向导，大家顺利在慈溪四灶浦登陆。这是黄矮弟完成的第一批第一船护送武装人员南渡浙东的任务，之后他又多次护送部队渡海，为完成7批900余人的南渡做出了重要贡献。

在1941年至1945年的四年多时间里，黄矮弟海上船队一次次往返于浦东、浙东和苏北地区，除了运送大批革命干部，还运输炸药500公斤，手榴弹数千颗，发电机、印刷机等数10台，棉花几千公斤，布几千匹，以及大批药品和医疗器械。杭州湾红色通道持续时间之长，通过的部队人数之多，运送军需物资之丰富，在中国抗战史上也是少有的。

人物档案

黄矮弟（1903—1961），又名黄关根、黄阿弟，江苏南汇（今属上海市浦东新区）人。

1903年，黄矮弟出生于南汇的一个农户家庭，虽识字不多，但自幼吃苦耐劳，为人正直厚道。1927年，他凭借靠近海边的有利条件，走上了海上经商之路。1938年起，黄矮弟广交有志抗日青年和地下党人士，与许多地下党人士和抗日武装人员有着密切来往和联系。黄矮弟利用贩运棉花、粮食以及生活日用品之机，往返于浦东、浙东、苏北地区，为我党送情报、运物资、接送新四军浙东游击纵队和地方干部，不遗余力支援国家和民族解放事业。

红色之旅

浙东敌后抗日根据地"海上门户"古窑浦革命历史陈列馆位于慈溪市掌起镇古窑浦村。陈列馆展出图片百余幅，并配有翔实的文字介绍，陈列有1941年至1945年新四军浙东游击纵队南渡、北撤时乘坐的渔船模型。陈列馆现为宁波市爱国主义教育基地、宁波市中共党史教育基地。

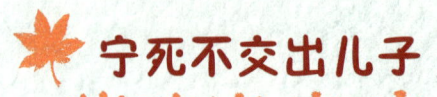 宁死不交出儿子

1938年，为了抗战的需要，余姚成立了战时政治工作队，朱祥甫的儿子朱之光担任政工队区队长，宁绍特委书记王文祥（王平）常到朱家，与朱之光晤面。在接触中，朱祥甫懂得了许多抗日救国的道理，并从共产党员身上看到了民族的希望。他说："共产党了不起，有人才，将来会得天下。"宁绍特委还在左溪乡马家岭村举办干部训练班，朱祥甫协助解决住房及生活物资，监视敌方动向，设法掩护。

1945年抗战胜利后，浙东游击纵队奉命北撤，国民党军队卷土重来，四明山处于白色恐怖之中。国民党军队到处"清剿"搜查，革命家属横遭迫害，朱祥甫成为重点打击对象。1947年春，浙江省保安司令竺鸣涛对四明山区实施大"清剿"，扬言要活捉朱之光。敌人将朱祥甫及其家人关押在梁弄镇浙保团部的临时监狱，并要他给儿子写信，劝其投降。敌人拟好信稿，逼朱祥甫抄写数封分寄，称只要朱之光回信，就释放家人。朱祥甫与二女儿商量后，请人仿造儿子的笔迹给自己写回信："来信收悉，父子关系早已脱离，我不日就要赴苏北工作，要我来梁弄办不到，儿的事你休管……"

敌人见一计不成又施一计，强迫年迈的朱祥甫上山，妄图以父亲为诱饵活捉朱之光。朱祥甫设计了一个疲劳战术，故意翻山越岭，走村串弄，东奔西跑，在大山里转了好几天，弄得敌人精疲力竭，一无所获。浙保司令竺鸣涛亲审朱祥甫，他叫嚣道："你再不交出朱之光就要你的头，还要灭你九族，杀得一个不留。"朱祥甫泰然自若："你们想错了，我儿子已长大成人，他所走的道路可不是我们父母安排的，是由他自己选择的。你们这么多人都找不到他，叫我一个老头子到哪里去找？"竺鸣涛理屈词穷，只好草草收场。事后，朱祥甫等人被押至四明山绥靖指挥部的临时监狱。

临时监狱设在一个30多平方米的屋子里，地上有稻草、席子，还有一只粪桶，被抓来的人都坐着或者睡在地上。屋子里少则二三十人，多则五六十人，到了夏天，牢内闷热，粪桶又臭又脏，虱子满地爬，而吃的仅仅是每人每天两个饭团。尽管生存条件恶劣，但朱祥甫没有退缩消沉。他给难友们讲孙中山先生和黄花岗七十二烈士的事迹，鼓舞大家继续战斗。在近8个月的坐牢时间里，朱祥甫从来没有埋怨过儿子参加革命，相反坚信其选择是正确的，是有前途的。

敌人机关算尽却未能得逞，1947年9月15日，敌人对朱祥甫进行了最后一次审讯："把朱之光交出来，这是最后一次机会，把朱之光的活动地点写出来！"朱祥甫反驳说："你们这种做法，时间也不会长的，我反正听天由命。"说完他昂首走向桌前，挥笔写下"凭道则存，无道则亡"八个大字，表达了他万死不辞的坚决。

第二天下午，朱祥甫被敌人杀害于梁弄镇面前山。新中国成立后，朱祥甫被追认为烈士。

人物档案

朱祥甫（1883—1947），名萱，字祥甫，余姚左溪乡（今属余姚市梨洲街道）人。

1883年，朱祥甫出生于左溪乡龙坑村，少时就读于余姚江南义校，毕业后在上海江南制造局（兵工厂）任秘书。1911年加入同盟会，次年返乡隐居。

1923年起，朱祥甫先后被选为双雁乡自治委员、乡董，后任左溪乡乡长。他创办小学，修筑铁路，救灾济贫，做了不少有益于乡民的事，因此，乡民亲切称呼他为"萱先生"。浙东抗日根据地建立后，朱祥甫坚定地站在人民一边，支持抗日。他把来访的共产党人隐蔽在后屋的空房子内或朱家祠堂的边屋，起早贪黑地送茶送饭。新四军浙东游击纵队北撤后，四明山又处于白色恐怖之中。国民党军队四处"清剿"搜查，朱祥甫成为重点打击对象。1947年9月16日，朱祥甫被杀害于梁弄。

革命情谊

革命者也是普通人,他们也有兄弟亲情,也有儿女情长。只不过,为了民族解放、人民幸福,只好把个人感情暂时放下、深深隐藏。四明山上、三江六岸,不仅传唱着气壮山河的英雄史诗,还流传着一曲曲感人至深的红色恋歌。

别了，哥哥

殷夫出生在一个传统家庭，耕读传家，兼行中医，有几亩田地、一些山林。他在学堂里年纪最小，可最得先生喜爱。一本《三字经》别人要念半个月才结结巴巴背出来，他只要三天时间，就能通篇背得滚瓜烂熟，教书先生连连赞叹："孺子可教，将来必有前程！"对于如此有天赋的弟弟，大哥徐培根有心栽培，便把弟弟接到上海求学。长兄如父，作为国民党内部身居要职的军官，徐培根给弟弟铺一条通畅的做官之路的确不是难事，就像殷夫在诗中写的："只要我，答应一声说，'我进去听指示的圈套'，我很容易能够获得一切，从名号直至纸帽。"事实上，那时候殷夫的人生理想是做一名诗人。

来到上海这座大城市，殷夫见识了与之前不一样的世界。他跑书店、看戏剧，买回了刚出版的《呐喊》，成了鲁迅的粉丝。1925年5月，一场因日本资本家枪杀中国工人引发的惨案，让殷夫对当政的国民党彻底失望了。在声援罢工的宣传队伍中，殷夫热血沸腾，他脱下自己的白布衬衫，咬破食指，写上"毋忘五卅"四个大字，他要做抵抗帝国列强的一颗子弹，要做维护中华民族长城的一块砖。他在诗中写道："我是海燕，我是时代的尖刺。"他没有跟随大哥的脚步，而是自觉地走向劳苦大众，成为无产阶级队伍中的一名先锋战士。

1927年，蒋介石发动了反革命政变，殷夫因参加革命活动而被捕入狱。徐培根将他保释了出来，让他在自己家里养好身体，学好德语，去报考同济大学。徐培根希望弟弟不再参加政治运动，去过安稳富足的生活。但殷夫只是表面上乖乖学习，其实在没人处常常偷读马克思主义书籍，一心向往着去十月革命圣地莫斯科。这年秋天，17岁的殷夫以"徐文雄"之名考入同济大学德文补习科。在这里，他一边学习德文，一边积极参加进步学生运动，加入了由蒋光慈等共产党人组织的革命文学团体——太阳社，成长为一名中共党员。然而，不幸的是，在一次游行集会中，殷夫被国民党反动当局再次逮捕。这时他的哥哥徐培根出国留学了，是嫂子托在沪的熟人将殷夫保释出来。获释后，党组织考虑到殷夫等人的安全，决定让他暂时回到象山老家。

跨出监狱、回到家乡的殷夫，见到了通信多时、从杭州赶来的初恋盛淑真。在两人频繁的书信往来中，殷夫把信尾的署名，从一开始的"徐白"改成了"殷夫"——一个红色的诗人！他已将自己的一切与革命运动紧紧地连在一起，并愿意为此付出一切。所以，面对爱情，殷夫退却了，因为他已选定了一项崇高而危险的事业，死神会随时来叩门，他只能压抑心底的火热，渐渐疏远多情的姑娘。他的内心是煎熬的，在夜深人静时，他翻开哥哥送给他的德文版《裴多菲诗集》。诗集中的一首诗引起了殷夫强烈的共鸣，他挥笔将之翻译成一首五言诗："生命诚宝贵，爱情价更高，若为自由故，二者皆可抛。"

1929年2月，在二姐的资助下，殷夫重返上海投入到火热的革命斗争中。为此，他放弃了同济的学业，彻底拒绝了大哥为他编织的"富贵网"。"别了，哥哥，别了，此后各走前途，再见的机会是在，当我们和你隶属着的阶级交了战火。"这是殷夫留给大哥徐培根的一纸离别信，也是他正式拿起文学这把利剑，刺向灰暗的社会，将革命进行到底的宣言书。

人物档案

殷夫（1910—1931），原名徐白，谱名孝杰，字柏庭，象山大徐人。无产阶级革命诗人、翻译家，"左联"五烈士之一。

1910年6月11日，殷夫出生于象山的一个农民家庭。1920年秋，殷夫进入丹城镇县立高等小学读书，1923年，进入上海民立中学，积极参加声援五卅运动的斗争。1926年7月，他转入浦东中学，加入共产主义青年团，1927年秋，进入同济大学德文补习科，并转为中共党员。

1929年，殷夫任共青团中央宣传部干事，并负责编辑团中央机关刊物《列宁青年》，1930年加入中国左翼作家联盟。他积极地为《萌芽》《拓荒者》《巴尔底山》等刊物写稿，发表了《血字》《别了，哥哥》等作品。1930年5月，他以"左联"代表的身份，参加了在上海召开的全国苏维埃区域代表大会。1931年1月，殷夫应约赴东方旅社参加党的会议，因叛徒告密，他与柔石等11人一起被英国巡捕房逮捕。1931年2月7日，殷夫、柔石、胡也频、冯铿、李求实等人被国民党反动派秘密杀害。

红色之旅

殷夫故居位于宁波市象山县大徐镇大徐村。故居为砖木结构的三合院平屋，由著名书法家沙孟海先生题写匾额。故居开设了烈士史迹陈列室，陈列有殷夫生前照片、百余首诗、数十篇文章和纪念殷夫烈士的诗文、著作等。殷夫故居现为浙江省党史教育基地、宁波市爱国主义教育基地、宁波市中共党史教育基地。

信仰的微笑

1948年9月30日上午,被国民党特刑庭判处死刑的上海电力公司地下党员王孝和,被押往刑场。他一边走,一边高喊着:"特刑庭乱杀人,我没有罪!""不讲理的政府要垮台!"一路上,他的脸上不但没有一丝的惊慌与不安,坚毅的神情中反而带着令人震撼的微笑。只不过,因为是秘密执行死刑,他一直挂念的怀有身孕的妻子没有看到他,更不知道他已经为了信仰而牺牲了。

王孝和与妻子忻玉瑛两人成家后感情很好。王孝和把这位朴实、贤惠的乡下姑娘当作人生知己,教她识字、给她读报,向她介绍解放区和苏联的情况,给她讲一些革命的道理。不过有些事情,常常使忻玉瑛担忧苦恼,那就是自从王孝和担任工会常务理事以后,工作更加忙碌,每天总要很晚才回家。更不能理解的是,丈夫还常常邀请一些朋友到家里来,一聊就聊到半夜。

当时家里仅有一张桌子,他们就弄了一副麻将牌摆着,看上去像是在搓麻将。王孝和对妻子说:"你到外面去,如果有陌生人来了,你就敲三下门。"

忻玉瑛很是不解,怎么搓麻将还偷偷摸摸的。不过,忻玉瑛还是搬着小凳子出去了，就在楼下门口看着。

有时，楼下的邻居也会悄悄问忻玉瑛："你们王先生是共产党员吗，怎么进进出出那么多人？"忻玉瑛就回答："不是的，都是朋友、同学。"确实，她那时也不知道王孝和在干什么，只知道他是好人，不会干坏事。

王孝和也经常做妻子的思想工作，跟她讲穷人们要团结起来才有力量，单打独斗是没用的，这就等于一根筷子一拗就断了，但只要团结起来，一大把筷子就拗不断了。

忻玉瑛觉得有道理，就这样多次沟通后，她也决心为丈夫分担一些力所能及的事。每次开完会，丈夫会将资料交给忻玉瑛，让她送出去，留下的材料就藏在阳台墙壁上挖的一个洞里。事实上，忻玉瑛已经在参与革命工作了。当然，这一切直到丈夫牺牲以后，她才明白。王孝和在给妻子的遗书中说："在这不讲理的世上，不是有成千成万的人在为正义而死亡？为正义而子离妻散

吗？不要伤心！应好好的保重身体！"

临刑之时，王孝和高昂着头，一直保持着他一贯的微笑。他或许是看到了胜利在向他招手，这是喜悦的笑；他或许是看到了敌人的软弱、无奈，这是蔑视的笑。他的笑被《大公报》摄影记者冯文冈拍了下来。

人物档案

王孝和（1924—1948），原名王康智，鄞县福明乡（今属宁波市鄞州区福明街道）人。

1924年，王孝和出生于上海。1937年淞沪会战爆发后，他回到了家乡宁波东钱湖陶公山的亲戚家避难。1939年，王孝和进入上海励志英文专科学校学习，1941年5月加入中国共产党。1943年王孝和进入上海电力公司工作。1946年1月，上海电力公司发生大罢工，王孝和组织工人参加了罢工斗争，并取得了最终胜利。1946年4月12日，上海电力公司民主工会正式成立，他当选为工会组训干事。1948年1月，王孝和当选为上海电力公司工会常务理事。同年2月，申九惨案发生，他代表工会参加申九惨案后援会的活动，发动工人缠黑纱、捐款，抗议当局的血腥暴行。王孝和成为国民党特务的重点监视对象。

1948年4月21日早晨，王孝和在上班路上被国民党特务秘密逮捕，并押到国民党上海警备司令部稽查大队。敌人对他施尽了酷刑，甚至上了电刑，但他始终没有泄露党的秘密，后被关押到上海警备司令部监狱。1948年9月30日上午，王孝和面带微笑走向刑场，英勇就义。

红色之旅

　　王孝和先进事迹陈列馆位于宁波市鄞州区福明街道新城社区，由室内展馆、室外广场两部分组成。室内展馆由烈士纪念馆和社区乡愁馆组成。其中，烈士纪念馆通过时间轴、事件轴的形式回顾了王孝和烈士的生平事迹、成长经历。

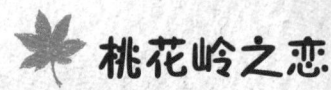
桃花岭之恋

在风景秀丽的余姚四明湖畔桃花岭上，有一座成君宜烈士墓，这座墓是由他的恋人徐志远在成君宜牺牲40多年后出资建造的。徐志远逝世后，与成君宜葬在了一起，这中间隐藏着一段革命情侣感人至深的往事。

成君宜，出生于上海一户裁缝人家，尽管家境贫寒，家里还是千方百计送他上学念书。1938年，成君宜考入沪江大学附属高中，并积极参加抗日救亡宣传活动。在这里，他遇上了一生的挚爱徐志远。1940年，两人拍了一张合照，各自珍藏，作为永结伴侣的见证。1942年，成君宜奉命赴浙东抗日根据地，两人暂时离别。1943年底，徐志远突然接到成君宜的信，邀她也到浙东来。

1944年2月，24岁的徐志远几经辗转，终于来到了浙东抗日根据地。可是此时，作为警卫大队教导员的成君宜已经在半个月前的前方村战斗中牺牲了。部队首长怕徐志远经受不住打击，就没有将这个消息告诉她，只说成君宜外出执行任务去了。徐志远只好安下心来暂时在根据地住下。一天，学医出身的她提出要参观一下部队医院，首长同意了。当徐志远走进设在一座破庙里的医院时，她被眼前的一切惊住了：设备是如此简陋，药品是如此缺乏，可是医务人员却是那样认真细致，伤病员亦是那样积极乐观，她毫不犹豫地挽起袖子，协同其他医生一起为伤员洗伤口、换纱布、动手术……

时间一天一天过去，没有成君宜一点消息，徐志远经常站在山上望着远处发呆。组织上感到不能再向她隐瞒真相了，就把成君宜牺牲的事情告诉了她。徐志远得知后悲痛欲绝，但她很快就平静下来，强忍着悲痛要求留下来继续工作，积极投身到成君宜未完成的事业中。1945年抗战胜利了，徐志远随新四军浙东游击纵队奉命北撤，并于这一年入党，而后一直战斗在北方战场。新中国成立后，她调入海军部队，离休前担任海军青岛疗养院院长。

离休后，徐志远经常来四明山。这里风景优美，不仅是她走上革命道路的地方，还是成君宜牺牲的地方。是啊，她忘不了自己的未婚恋人。于是她开始寻找成君宜的遗骸，经多方打听，终于找到了负责掩埋成君宜烈士的民兵队长。队长清楚地记得当年有一位警卫员抱着一位牺牲的首长痛哭，他还从首长的衣袋中摸出一张照片，并一直保存着。徐志远接过那张照片一看，正是她与成君宜在上海的合影。徐志远激动不已，她终于找到了自己几十年割舍不下的未婚恋人，并在桃花岭上为成君宜重新筑墓立碑。

1996年，76岁的徐志远向地方政府申请在成君宜烈士的墓边另建了一座自己的墓。2006年，徐志远逝世，被安葬在成君宜墓旁。这对恋人生前不能厮守，终于在过世后相聚于桃花岭上，永远和四明山人民在一起。

人物档案

成君宜（1920—1944），原名邹堃宝，江苏丹阳人。

1920年2月，成君宜出生于上海的一个裁缝家庭，7岁时入读上海南市区的华实小学。他学习勤奋，成绩一直名列前茅，并因此获得奖学金，享受免交学费的优待。小学毕业后，他顺利考入该区的斯威中学。在此期间，他开始接受进步思想，阅读革命书刊，经常发表讲演。

1937年，成君宜积极参加抗日救亡宣传活动，1939年，他加入中国共产党。1942年，成君宜等一批干部经组织派遣渡杭州湾到浙东抗日根据地工作，他起初在教导队担任政治教员，后来被调到纵队警卫大队任指导员。1944年，国民党反动派对浙东抗日游击根据地发动"围剿"，成君宜在前方村战斗中为掩护战友壮烈牺牲。

17 朵小红花

"我隐约地知道了你同样在想念着我,并似乎在埋怨我这一次默默地走了。其实,有谁知道我临行时的心境,更何况是这一次的走!"这是展示在镇海口海防历史纪念馆中,一位革命烈士在执行任务前留给恋人的信中的几句话。

写信人叫林勃,出生于镇海小港(今属宁波市北仑区)一个贫寒的农民家庭,他从小没了父亲,与母亲相依为命。加入中国共产党后,林勃被党组织派往镇海澥浦开办民众识字班,在这期间他结识了地下党员余也萍。余也萍也出生于一个贫寒农民家庭,抗日战争全面爆发后,她积极投身爱国运动,曾在慈溪县从事革命工作,后来因为身份暴露,才被调到了镇海。随着相互了解的深入,她与林勃成为恋人,两人相互鼓励、相互关爱,余也萍还织了一件藏青色毛线背心送给林勃御寒。

1941年重阳节那天晚上,秋风萧瑟,无月无光,已经是地方队伍政治指导员的林勃,正带领战士们在青峙村为第二天召开群众大会做准备,突然遭到国民党顽军的包围。岗哨发现敌情,鸣枪报警,战士们奋力抵抗,终因力量悬殊,不得不撤出

战斗。林勃和另一位同志为了掩护部队撤退,弹尽被捕。

那一天,余也萍正在相距20多里路的地方留守,从战斗开始到结束,枪声听得很清楚。战士们零零星星地回到后方留守处,可余也萍却一直没看到林勃的身影,她感到十分不安。听到有传言说林指导员可能牺牲了,她更是坐立不安,但还抱着侥幸的心理,希望这不是事实。最后,组织上确认了这个消息。这个噩耗使她心撕胆裂,悲痛难忍。

原来,林勃被国民党顽军抓住后,被捆绑在村里庙前的一棵大树上。当时,附近的日军听到枪声赶紧出动,国民党顽军丢下林勃慌忙而逃。于是,日本人不费吹灰之力就捕获了一位反抗日本侵略者的共产党干部,在威逼利诱没有效果的情况下,林勃被日军连刺17刀,壮烈牺牲。

第二天一早,在战友、群众的帮助下,余也萍找到并安葬了林勃的遗体。林勃穿的正是那件藏青色毛线背心，背心上留下的17个洞，就是被敌人刺的17处刀孔。余也萍含泪将染满鲜血的衣服仔细地洗净、晾干，并将毛线背心上的每一个洞，都用红色毛线织补成一朵朵的小红花，一共有17朵。那花，像傲雪的红梅，又像漫山遍野的杜鹃。

"旁的留到碰面时再谈吧！我是在这样想。"这是林勃信中的最后一句话，但等到两人最终碰面时，却是天人永隔。珍藏起这件珍贵的毛衣，也珍藏起失去爱人的痛，余也萍化悲痛为力量，继承逝去恋人的遗志，继续投身到抗日运动中。

人物档案

林勃（1918—1941），镇海小港（今属宁波市北仑区）人。

1918年，林勃出生于一贫苦人家。1937年抗日战争全面爆发后，镇海地区掀起了轰轰烈烈的抗日救亡运动，林勃毅然离家加入镇海县战时政治工作队。他与队员们采用歌咏、演讲等形式，向当地百姓宣传抗日思想。这期间，林勃得到了全面的锻炼，他还认真阅读马列主义著作和进步书刊，并在1938年加入中国共产党。

1941年，镇海江南独立中队在大碶王贺乡成立，林勃担任独立中队政治指导员。1941年10月28日，独立中队移驻青峙村，准备召开群众大会宣传抗日救国，可就在凌晨青峙战斗爆发。危急时刻，林勃奋不顾身阻击敌人，掩护部队撤退，在弹尽后被捕。最终，林勃被日军连刺17刀后壮烈牺牲，年仅23岁。

人物档案

余也萍（1921—1989），原名俞雅琴，慈溪庄桥（今属宁波市江北区）人。

1921年，余也萍出生于一个贫苦农民家庭。11岁时，她随父亲来到上海，并在夜校读书时接受了党组织的教育。1937年卢沟桥事变爆发后，余也萍积极投身抗日救亡运动。1939年，她加入了中国共产党。1940年，因她地下党员的身份暴露，被组织秘密调到澥浦工作。1942年8月，调新四军浙东游击纵队司令部，随后任纵队政治部政治工作队指导员、纵队政治部开辟四明民运工作队指导员。

红色之旅

镇海口海防历史纪念馆位于宁波市镇海区招宝山南麓，是介绍镇海口海防遗址的专题性博物馆。馆内运用生动、形象的陈列方式，并结合数字科技手段，全面展示了镇海军民抗击倭寇和抗英、抗法、抗日等抗击外来侵略的史实。烈士林勃所写的革命"情书"（复制品）在馆内抗日展厅中全文对外展出。镇海口海防历史纪念馆现为全国爱国主义教育示范基地、浙江省国防教育基地、宁波市中共党史教育基地。

一缕青丝诉衷情

"李敏,你的牺牲,像闪电一样,闪击着每个人的心。反动派把你刺了二十几下……你宁死不屈,用你最后的一口气,喊出:'中华民族解放!'然后,镇静地、悲壮地闭上了眼。"1944年4月20日,《新浙东报》上发表了这首悼念李敏烈士的诗,浙东地区也一直传颂着李敏的英勇事迹。

在革命斗争中,李敏以教书为掩护从事群众工作。在鄞西小学教师暑期训练班学习期间,她与共产党员王甸相识,相同的志向把两颗年轻的心紧紧相连,他们互相勉励,一起战斗。王甸在李敏的笔记本上曾写下这样的诗句:"面对敌人的刺刀,应像士敏土(旧时英文"水泥"的音译)一样坚强,让我们分担,光荣或是死亡。"

1944年2月21日,国民党顽军偷袭鄞江后隆,李敏不幸被捕。寒风凛冽中,敌人把李敏等三个同志押到樟村街上的十字路口,绑在木柱上,逼问全区有多少共产党员、多少抗日武装。面对一群满脸横肉、紧握刺刀、杀气腾腾的刽子手,李敏斩钉截铁地回答:"要杀就杀,要刺便刺,要我说出来办不到!杀了我一个，会有千千万万个站出来！"顽军头目青筋直跳，嘶声狂叫："刺！刺！刺！"李敏最终被敌人刺了27刀，壮烈牺牲，年仅20岁。

敌人杀害李敏后，严令5日内不准收尸。当地老百姓次日晚就冒雪把李敏的遗体抢了出来，埋葬在樟村史家山。王旬得知李敏牺牲的消息，一路狂奔来到樟村史家山，在当地老百姓的帮助下，用锄头挖、用手扒……王旬轻轻拂去李敏身上的泥土，泣不成声，他剪下李敏的一缕青丝，用红绳扎好，放进自己的本子里，又把红色的包枪布盖在李敏胸前，滴滴热泪洒在了红布上。一年后，王旬随部队北撤，在杭州湾登船的那一刻，他取出李敏的那一缕青丝撒入海中。

新中国成立后，每逢清明，先后任《云南日报》总编辑、云南省委宣传部部长的王旬都会托人到樟村李敏墓前献花祭奠。1983年，刚离休的王旬来到四明山，他感慨万千，写下诗作《山村纪事》，并发表在当年4月11日的《人民日报》上。这一年，李敏的母亲王娇香还健在，就住在江东区（今属宁波市鄞州区）。王旬专门去看望了李敏的母亲，他失声痛哭，又写了一首诗《妈妈》，发表在当年的《诗刊》4月号上：

妈妈，你不认识我，

但听过我的名字，

你知道我和你女儿生前，

是一个游击队里的同志。

妈妈，对着一个陌生而多情的60岁的老人，

你能叫一声孩子吗？

会的，我相信，在你心里。

人物档案

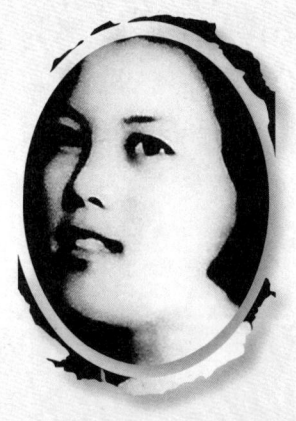

李敏（1924—1944），原名李雅琴，镇海小港（今属宁波市北仑区）人。

1924年，李敏出生于小港乡青峙李隘村。李敏家境寒微，只得由母亲教她识字写字。12岁那年，为补贴家用，她跟着母亲到日本人办的纱厂当童工。1937年，一家人回到青峙。父母变卖了仅有的一小块山地，使李敏终于入读延陵小学。1942年7月，经党组织介绍，李敏到鄞县梅园乡鄞西小学教师暑期训练班学习。8月，李敏由训练班辅导员王甸介绍加入中国共产党。学习班结束后，党组织派李敏到鄞西樟水区崔夹岙启明小学，以教书为掩护从事群众工作。1943年春，李敏接任樟水区区委书记，并转移到许家以毓英小学为掩护点开展工作。

1943年秋，县委调李敏任鄞江新区区委书记。经过艰苦努力，李敏不但组织了农协会、妇女会、儿童团、判山会，还以猎户为骨干，拉起了一支10余人的区小队，捣毁了国民党设立的税卡和情报站。1944年2月21日，李敏被国民党顽军逮捕。任凭威逼利诱，李敏坚贞不屈，最后被敌人连刺27刀，壮烈牺牲。

红色之旅

　　宁波樟村四明山革命烈士陵园位于宁波市海曙区章水镇。陵园主要由纪念塔、烈士纪念馆、群雕、烈士墓地等组成。宁波樟村四明山革命烈士陵园现为全国爱国主义教育示范基地、浙江省党史教育基地、浙江省重点文物保护单位、宁波市中共党史教育基地。

英雄潜伏

或许,你从来没有听过他们光辉的名字,从来不知道他们英雄的事迹。但是,他们为新中国的诞生,为人民的解放事业隐姓埋名、忍辱负重、呕心沥血,所做出的巨大牺牲与贡献,山河不会忘记,人民不会忘记,祖国不会忘记。

抠门的"宁波裁缝"

20世纪20年代，陈寿昌与妻子在上海外滩外白渡桥边拍下了他们唯一保存下来的合影。照片上的陈寿昌一袭长衫，手持礼帽，风度翩翩；妻子则梳着流行的发髻，身着旗袍，十分摩登。这套行头是夫妻俩唯一的"工作服"。他们在上海以开电料商店为掩护，从事党的情报工作。

陈寿昌是中共中央政治保卫机构——中央特科四科科长，是战斗在隐蔽战线上的革命战士。为了应对随时被捕牺牲的危险，陈寿昌夫妇不断更换住所，他们一家几乎住过上海的每一个区，最长的一次也不过两三个月，有时候一个月要搬几次家，以窗台上放不放花来表示是否安全。遇到工潮学潮，街头经常有军警搜身检查，陈寿昌外出就扮成"宁波裁缝"的样子。对方一听是宁波口音，夹带的布包里又全是布、尺子、剪刀，就顺利放行。

在长期的革命生涯中，陈寿昌艰苦朴素，常穿一件旧灰布长衫，婚后三年未添置过新衣，衣服鞋袜破了就缝补一下继续穿。当时党的经费困难，他变卖妻子结婚时的首饰，贴补一家生活，一次还将兑换首饰得来的钱，全部交给党组织作为活动经费。那时上海乘电车很便宜,但陈寿昌除急事外,多数是走路而不乘车,饿了就在路边买个大饼充饥。

1931年初,湖南农民打土豪没收了一批金银财物,秘密运到武汉,要设法转送到上海,作为党中央的活动经费。党组织把这一重任交给了陈寿昌。陈寿昌身着长袍马褂,把自己打扮成一个阔老板,偕同夫人胡友娣和随员(党组织派来的警卫员)到了武汉。他迅速地接上组织关系,接收了这批足足可装半个枕套的金银财物。为了避人耳目,他采取化整为零的办法,今天上这个银楼兑一点,明天上那个银楼兑一点,把兑换来的钱钞陆续汇给上海党中央秘密机关。有一次,胡友娣看到这堆金银中有一只小小的金响铃,她说:"这只金响铃就给女儿戴吧!"平时爱说笑

话的陈寿昌,这时却十分严肃地说:"这是同志们流血牺牲得来的,怎么可以随便拿呢!"

1932年,陈寿昌按照组织安排,到达江西瑞金中央根据地。1933年底,国民党反动派对中央根据地发动军事"围剿",在经济上加紧封锁,企图让苏区军民"不能有一粒米、一撮盐、一勺水的补给"。危急时刻,陈寿昌受党中央委派,担任湘鄂赣省委书记兼军区政委。

1934年,在国民党的疯狂反扑下,省级机关干部及苏区主力红军在多次突围中损失惨重,仅剩100多人。摆在陈寿昌面前最艰巨的问题,就是迅速恢复和重建武装力量,领导苏区军民开展游击战。他指挥部队在平江、临湘、岳阳等10余县范围内开展游击战,使分散的游击区连成六大块苏区,部队扩大到1100多人。

为配合中央红军长征,他带领红十六师牵制敌人兵力,同时领导军民开展反"围剿"斗争。他一天只吃一餐,饿了就以野菜充饥,将粮食让给伤病员吃。因为连续战斗、营养不良,陈寿昌整个人面黄肌瘦、双脚溃烂,极度虚弱,但他依旧坚持上前线,终因腿部中弹,失血过多而牺牲。陈寿昌为革命奋斗的一生,正如他在一首诗中所说的:"身许马列安等闲,报效工农岂知艰。壮志未酬身若死,亦留忠胆照人间。"

人物档案

陈寿昌(1906—1934)，原名陈希堪，镇海城区人。

1906年，陈寿昌出生于镇海的一户书香人家。1922年，陈寿昌离开家乡先后来到武汉、郑州。1923年京汉铁路工人大罢工开始后，陈寿昌积极参加郑州电报局职工声援铁路工人的斗争，并于1924年加入中国共产党。1928年秋冬，陈寿昌被调到中共中央特科，先在第二科（情报科）工作，后任第四科（交通科）科长。

1929年，陈寿昌被党派到苏联学习，不久回国，继续在中央特科工作。1932年，陈寿昌被调到江西瑞金中央根据地，任中华全国总工会苏区中央执行局党团书记。1933年，陈寿昌任湘鄂赣省委书记兼军区政委。1934年11月，陈寿昌率领的红十六师在湖北崇阳县老虎洞与敌遭遇，在战斗中，他不幸腿部中弹，因流血过多而牺牲。

红色之旅

　　陈寿昌烈士纪念馆位于景色秀丽的宁波市镇海区寿昌公园内。纪念馆场地正中央矗立着陈寿昌烈士铜像，铜像的基座铭刻着聂荣臻元帅的题词："陈寿昌烈士永垂不朽"，纪念馆陈列有烈士照片、遗物等展品。陈寿昌烈士纪念馆现为宁波市中共党史教育基地、镇海区爱国主义教育基地。

传奇的"400小组"

1944年的一天，中共浙东区委书记、新四军浙东游击纵队政委谭启龙收到被日军抓走的地下党员周迪道传来的一张纸条。时任浙东行政公署南山财经委主任的周迪道被日军抓获后，关押在宁波日本宪兵队内。日军妄想放长线钓大鱼，诱逼周迪道为宪兵队工作。周迪道决定稳住敌人，将计就计。他在纸条中表示他可以趁机打入敌人内部，如果组织不同意，就与敌人拼个鱼死网破。

谭启龙与新四军浙东游击纵队领导商议后，决定采纳周迪道的建议，同意周迪道等潜伏在日本宪兵队内部，并在敌营内部组成反间谍小组，代号"400小组"。政治指导员乐群，组长周迪道，组员周斯明、冯禾青、王福林、莫奇、张黎、陈婕。其中，周迪道与莫奇扮演夫妻迷惑敌人。

1944年底，中共上海地下组织为新四军浙东游击纵队准备了一批火药用于制造手榴弹。运送火药的任务交给了"400小组"，小组必须前往上海拿到火药后再运回宁波。那时的宁波正被日、伪军严密封锁，出城都是大问题，更别提运送火药，一旦暴露，后果不堪设想。如何完成这项几乎不可能完成的任务？就在小组成员一筹莫展之际，周迪道偶然得知日军特高课课长木场想去上海游玩，翻译程名一同前去。

这是一个好机会，他立即向"400小组"报告情况。大家商定以翻译程名作为突破口，争取与木场一同去上海。周迪道找到程名说："上海是个繁华的地方，我和爱人都想去见见世面。你能否跟木场说一下让我们一起去，所有的开销都由我来出，你看怎么样？"

"好啊！我去跟木场说。"程名一口答应。

木场听了程名的话，并没有怀疑什么，于是几个人一起前往上海。

到达上海之后，周迪道找准机会，取到了火药。他把火药放在莫奇皮箱的最底层，并用衣服盖住。

回程那天，在去火车站的路上，莫奇一手拎着皮箱，一手挽着周迪道，走在木场和程名的后面。皮箱很重，为了防止他们发现，莫奇不敢走慢，她吃力地拎着箱子，紧跟他们。

快到火车站的时候，远远就看到全副武装的日本宪兵站在入站口处，对进站的中国旅客逐个检查。"怎么办？"莫奇望着周迪道。周迪道看到木场的包由程名拿着，木场正好没拿东西，就急中生智，立即把皮箱交给了木场："麻烦你帮我把箱子拎上火车吧。"

木场接过箱子，觉得沉重，就随口说："你为什么不自己拎上车，是做金子生意吗？这么沉！"

周迪道故意小声说："你们日本人一定会检查我的东西，这样就会耽误你上车的时间。我也是没办法，做点黄金生意补贴吃喝啊。"

木场听了觉得合乎情理，毕竟一路上的开销都是周迪道支付的，帮他拿个箱子也算是举手之劳。木场拎着箱子，一路上检查人员都没有查看这只皮箱。就这样，一场危机顺利化解，火药平安运抵宁波。之后，"400小组"想办法把火药送到了四明山根据地，圆满完成了这次任务。

"400小组"是抗战时期唯一一个打入日本宪兵队内部的情报小组，直至抗日战争胜利，这个小组都未暴露，还策反了60多名日本宪兵密探，堪称抗战史上最成功的"潜伏"。

人物档案

周迪道，1927年加入中国共产党。

1943年，周迪道被日军俘虏，他借此假降以打入敌人内部。周迪道化名朱人达，代号401，他搜集情报、营救战友、筹集经费、采购药品及紧缺物资，继而转送至前线，一次次出色完成了任务。1945年8月，"400小组"全体成员回到四明山根据地，长达一年多的反间谍斗争任务就此结束。

乐群（1918—1996），镇海小港（今属宁波市北仑区）人。

1918年，乐群出生于上海，高中毕业时，八一三战火迫使她回到小港老家，并参加了抗日救亡宣传队。1938年，乐群加入中国共产党。1943年初，为了加强浙东敌后抗日根据地的工作，乐群南渡杭州湾进入四明山。乐群领导的"400小组"在隐蔽战线上立下功劳。

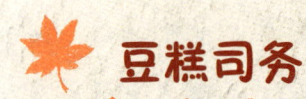# 豆糕司务

九一八事变和一·二八事变的炮声，曾激起多少有志青年的爱国之情。宁海人朱学勉以笔为戈，写下慷慨激昂的诗词，勇敢地揭露社会的种种不平。在革命同志的资助下，朱学勉奔赴"他生命途上飞跃突变的一个圣地"——延安。

1937年10月，朱学勉经八路军驻陕西办事处考试录取，赴陕北公学学习。在学习期间，他在一封给哥哥的信中写道："弟现在是很快乐地生活着，很幸福地生活着；非但如此，而且更了解了应该怎样去干，应该怎样才能将日本帝国主义驱逐出中国，才能求得民族的独立解放，以致建设新中国。毕业后，弟便本着这样的愿望努力干去，什么吃苦，什么危险是不会摆到我的心上的，在这国破家亡的今天，还顾到这些吗？"正是冲着这个人生目标，朱学勉在陕北加入了中国共产党。1938年2月，朱学勉毕业后回到浙江，成了一名新四军战士。

作为一名政治指导员，朱学勉每天不管行军路程有多远，身体怎样疲劳，到达宿营地后，总是先烧水给同志们洗脚，自己最后一个睡觉。有的战士因远离家乡，加之生活艰苦，思想易

波动，他就逐个找人谈话，做思想工作。在恶劣的环境中，朱学勉不幸染上了疟疾和疥疮，又因缺医少药，久久不愈。有时，途中突然疟疾发作，浑身冷得发抖，他就披上毯子坚持行军。别人为他担心，他却笑着说："好朋友又来了。"同志们劝他治治疥疮，他却风趣地说："这样不是很好吗？空下来还有事情好做呢。"因长期劳累和疾病折磨，朱学勉身体一直比较虚弱。同志们劝他买点人参一类的补品吃吃。他坚决拒绝："现在我们生活困难，不能买！"

1941年皖南事变后，为了执行党的隐蔽精干的政策，朱学勉与战友们在诸暨的一个小山村开了一家豆糕店。一开始，他不会做豆糕，就先干些挑水、劈柴、烧火之类的活。为了隐藏身份，不被敌人发现，朱学勉只能偷偷学做豆糕。在他细心观察和认真学习之下，很快就掌握了做豆糕的全部技术，成了"豆糕司务"。做豆糕生意，不能光会做豆糕，还得会卖豆糕。新开的店

没顾客，就得走街串巷挑着卖，朱学勉第一次挑出去卖时，很难为情，其他高声吆喝的小贩的生意都很好，只有他的担前冷冷清清。于是他也鼓起勇气、硬着头皮学着吆喝起来。"朱师傅豆糕又大又甜，不好吃不要钱！"慢慢地，朱师傅豆糕出了名，朱学勉就不用天天担出去卖了，开豆糕店不仅解决了几个干部的生活费，还能很好地掩护地下工作，可谓一举多得。朱学勉觉得，这个"豆糕司务"当得值！

1942年5月，日军发动浙赣战役，诸暨于5月18日沦陷。在这个形势转折关头，朱学勉立即将党的工作重心转到发动抗日游击战上来。1943年12月，新四军浙东游击纵队金萧支队成立，朱学勉任金萧支队一大队大队长。

1944年5月27日早晨，天下着蒙蒙细雨。抗日游击队在转移中接到情报，说是枫桥、阮家埠的汪伪军独立第四旅1000多人兵分两路，正沿着枫桥江向诸（暨）北根据地进犯。朱学勉的兵力明显不是敌人的对手。他果断决定，将部队就地散开，变出击为阻击。激战中，朱学勉不幸中弹牺牲。今天，他的英雄事迹仍在百姓中广为流传，当地以命名"学勉中学""学勉路"的方式纪念他。

人物档案

朱学勉（1912—1944），原名应端贤，化名应启，笔名秋悲、叶峰、杨明，宁海县城人。

1912年，朱学勉出生于宁海县城。18岁时，朱学勉离开家乡，来到上海工作，开始接触进步书籍。1937年10月，朱学勉奔赴延安，11月进入陕北公学学习。学习期间，朱学勉加入中国共产党。1938年2月，他从陕北公学毕业后回到浙江，不久担任中共鄞县工委组织部部长。

1939年10月，朱学勉任中共余姚中心县委书记。1941年初，他任中共诸暨中心县委书记。1943年12月，新四军浙东游击纵队金萧支队成立，他任第一大队大队长。1944年5月27日，朱学勉在诸暨县北乡墨城湖与汪伪军蔡廉部作战时英勇牺牲，时年32岁。

永不消逝的电波

在许多人的印象中,张困斋的名字并不熟悉,但20世纪50年代拍摄的一部谍战电影《永不消逝的电波》,曾深深地感染过几代人。电影主人公"李侠"这个虚构人物,背后混合了多位英雄的人生轨迹,其中一位就是来自宁波的张困斋。

1945年秋,张困斋接受组织安排,在今天的上海延安中路附近开设"丰记米号",并担任经理。这家米店就是上海地下党的秘密机关,掩护上海党组织的领导人开展活动。而米店对面的一座花园洋房,是有名的亚尔培路(今陕西南路)2号,它是国民党的宪兵司令部和军统特务机关。这周围戒备森严,小汽车、摩托车进进出出,米店的一些工作人员常常心神不定。张困斋却幽默地和他们表示,现在就是要在敌人鼻子底下开店。敌人想不到这里竟然有一家共产党的米店,所以最安全。

此后的三年时间里,张困斋既负责掩护工作,又负责联系中共上海局的秘密电台,夜以继日地传递着各类情报。有一次,组织要他调查上海远洋运输和中国粮食产销的情况,他跑了许多地方,搜集到大量外文资料。面对外语关,或许很多人会望而却步，而这位敢吃苦、肯钻研的宁波青年，硬是凭着在抗战时期自学日语、俄语的经验，啃下了一块块难啃的"硬骨头"，及时有效地完成了任务。

1948年12月，负责与中共中央联系的李白电台遭到破坏，张困斋和秦鸿钧的电台随时会被敌人发现。当时，组织上想启用别的电台，可张困斋和秦鸿钧认为这同样有危险，坚持承担任务。为了安全起见，他们尽可能少发、不发电报，以防被敌人侦测。可随着解放上海日益临近，重要情报剧增，收发报量还是有所增加。国民党特务通过仪器测定了秘密电台的位置，1949年3月，秦鸿钧、张困斋先后被捕。

在狱中，张困斋被敌人压断双腿，并咳血不止，他坚持写了一封家书："母亲大人，儿身体怕凉，请交（叫）来人带来绒线衫、

被头、大衣、雨衣、呢帽、卫生衫、香烟。别无他事，请放心，勿悲痛……"表面上，这封信是让母亲托人给自己带一些用品。而实际上，是张困斋想告诉党组织他没有吐露党的秘密，请组织放心。

当张困斋的弟弟去探望他时，他一见到弟弟就问："母亲好吗？"其真实意图是在问"组织安全吗？"接着，他告诉弟弟，秦鸿钧夫妇都被捕了，他们的两个孩子需要"母亲"好好照顾。尽管张困斋身陷绝境，但他一心想的还是组织和同志，唯独没有自己。

1949年5月7日晚，敌人将张困斋、李白、秦鸿钧等12位同志残忍杀害于浦东戚家庙。他们用短暂光辉的一生践行了自己入党时的钢铁誓言："为了人民的解放，为了共产主义在中国的实现，我愿牺牲我的一切——连我的生命。"

人物档案

张困斋(1914—1949),又名人杰,自号昆者,镇海小港(今属宁波市北仑区)人。

1914年,张困斋出生于小港衙前村。小学毕业后,张困斋考入镇海县立中学堂(今镇海中学)读书。中学结业后赴上海谋生,他在一家私人银行当职员。1931年,九一八事变发生后,他积极投身抗日救亡运动。1935年,张困斋加入上海职业界救国会,参加抗日救亡示威游行,1937年10月加入中国共产党。随后,张困斋进入江南敌后抗日根据地,在搞武装游击的同时还负责编印红色刊物,鼓舞了许多上前线的战士。

1945年,张困斋负责党的机关掩护工作,在上海开设"丰记米号"并任经理,暗设中共上海局秘密电台,从事情报工作。1949年3月,张困斋被捕。敌人对张困斋施尽了酷刑,但是他丝毫没有吐露党的秘密,最终使许多同志得以安全转移。1949年5月7日,张困斋被国民党反动派残忍杀害于上海浦东。

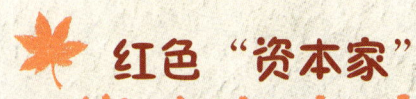
红色"资本家"

天封塔是宁波老城区的地标建筑,天封塔下有条路叫小沙泥街,从这里曾走出了一位杰出人物。他纵横商界,为革命筹措资金;他为党的事业一掷千金,自己却始终艰苦朴素,他就是卢绪章。

1939年,中共中央南方局成立后,周恩来决定在上海物色干部到西南大后方建立党的秘密机构,执行党的交通、情报和经济任务。在江苏省委的推荐下,他看中了广大华行总经理卢绪章。1940年7月,卢绪章只身前往重庆,开始以"资本家"的身份在大后方工商界活动。

到重庆后,卢绪章一面把重庆等地原有的广大华行改建为党的机构,派人去昆明、贵阳、成都、西安经营西药、医疗器械、运输等业务,一面广交朋友,吸引各方资金,合股建企业、做投资。

有一天,一位中年男子来到广大华行。"我是昆明中和药房的董事长张军光,特来拜访卢总经理。"卢绪章早就听说过这个张军光,此人八面玲珑、交际甚广。"您刚从昆明来,我要为您接风洗尘。您把您在重庆的朋友统统请来,今晚我在四川酒家为您设宴接风，大家一道好好聚聚。"卢绪章说道。

张军光听后受宠若惊，这天晚上，他带了五六位朋友来到四川酒家，而卢绪章早已备好酒菜在此恭候，他深知这些人可以提供各方面的信息和情报。"今天有机会和各位认识，真是十分荣幸。今后还望各位先生对敝号多多关照。请，请！"

在外人眼里，卢绪章出入有汽车、赴宴也是西装革履，但是没人知道他的贴身衬衫上打着补丁，他的妻子也没有一件真正的首饰，甚至他的孩子想要一辆自行车的愿望都没能实现。

从1942年开始，广大华行担负起为党提供和调剂经费的任务。重庆八路军办事处收到捐赠给八路军的美元、黄金后，多数都交给卢绪章，他通过朋友以做生意的名义将美元、黄金兑换成市面流通的法币，再装在麻袋中，半夜三更用汽车或竹筏送到接

头地点，由组织派人取走。

　　因为卢绪章每隔一个月都要在晚上去一次红岩村，当面向周恩来汇报工作和听取指示，不允许接触其他人，时间长了，他的妻子很是不理解。

　　有一次，卢绪章在红岩村待了一夜，第二天清晨才回到家里。妻子问他这一夜去哪儿了，卢绪章只好像往常一样胡编一套理由搪塞过去，不料妻子却说："你的几个朋友家我都找遍了，根本就没你的人影！你说你究竟到哪里去了？"看着妻子，他难过得掉下了眼泪，他既心疼妻子，又无法与她讲明，只能把委屈藏在心里。

　　1949年，迎来了人民的解放、新中国的成立，卢绪章终于如愿地脱下西装，换上了军装，这一刻他足足等了10年。这10年里，他冒着巨大风险与资本家打交道，与国民党特务周旋，为党组织运送药品、黄金等。新中国成立后，他将公司全部财产100多万美元以及自己的股份都捐给了党，妻子不是党员，但作为家属，她的股份也全部上交。卢绪章心中一直记着周恩来对他的叮嘱："你要像八月的风荷，出污泥而不染；同各方面打交道，交朋友，一定要记住同流而不能合污。"他真正做到了。

人物档案

卢绪章(1911—1995)，曾用名卢植之，浙江宁波人。

1911年，卢绪章出生于宁波城区小沙泥街的一个小商人家庭，后因家境艰难，被迫辍学，1925年到上海谋生。1933年，卢绪章和友人合办广大华行，经营进出口业务。1937年，卢绪章参加了上海地下党组织的秘密读书会，投入到上海的抗日救亡运动中，同年10月，他加入中国共产党，长期从事党的地下工作。

1940年到重庆后，他接受周恩来单线领导，并利用广大华行的阵地，大力发展业务，为党筹措经费，被称为"隐蔽战线的优秀战士"。新中国成立后，历任华东贸易部副部长，国务院侨办党组成员，国家旅游总局局长、党组书记，外贸部常务副部长等职。卢绪章是中国对外贸易事业的开拓者和奠基人之一。

红色之旅

　　卢绪章生平事迹馆位于宁波市莲桥街历史街区塔影巷卢氏支祠。这是一幢清代砖木结构建筑，采用浙江地区特有的梁架结构。卢绪章生平事迹馆通过大量文献资料、展品实物和多媒体方式，展现了卢绪章的革命事迹及其为宁波改革开放所做的重要贡献。

枫叶红于二月花

1949年，中华大地迎来了一个个解放的喜讯，但海峡对岸的宝岛台湾仍处在国民党的统治下。正在香港的朱枫接到了新的任务，奉命潜赴台湾完成一项重要工作。当时，朱枫的爱人随军前往上海，参加接管城市的工作。她的长女也回到上海，在医学院读书。那时，她多么希望一家人能在上海团聚，与家人互诉多年离别的思念。但革命和家庭两者孰轻孰重，她最明白。

1949年11月27日，她只身一人从香港维多利亚码头乘坐客轮前往台湾基隆市。临行前，她给爱人写下一封家书："……此去须有几月逗留，我会保重身体，你不必惦念着……以后有便当再写信给你，话好像很多，但到写信时却写不多少，留待见面倾说吧！热烈地握你手！"或许，她不曾想到，此去之后就没能再见家人一面。

到台湾后，朱枫以探望在台湾的女儿一家为名，与中共台湾地下组织的最高负责人——中共台湾省工委书记蔡孝乾和担任国民党"国防部"参谋次长的吴石中将取得联系，将满载绝密军事情报的微缩胶卷交给了基隆码头的中共中央华东局新闻处特别交通干事。就这样，国民党的重要军事情报陆续从香港传了回来，传到中共中央华东局作战部和情报处负责人手中。其中，几份绝密军事情报还呈送给毛泽东主席。

　　转眼间元旦已过，经历40多天的出生入死，朱枫顺利完成任务，喜悦又渴盼地算着归期。然而就在此时，风云突变。1950年1月29日，蔡孝乾被捕叛变，供出大批我党同志，其中就有朱枫。2月2日，吴石派遣副官聂曦紧急约见朱枫，聂曦对朱枫说："蔡孝乾叛变了，他向国民党供出了你的中共特工身份……"

　　聂曦还告诉朱枫："国民党特务随时可能抓捕你。形势非常紧急，你必须立即行动！片刻不得耽误！"2月4日晚，朱枫拿着吴石冒险签发的《特别通行证》，搭乘国民党的军用运输机飞赴舟山，计划再乘船前往上海，但海路被国民党军队严密封锁，朱枫只能在

舟山沈家门的一家医院里藏身。

这是一段多么揪心的时光，烟波浩渺的海对面是阔别10多年的故乡，朱枫恨不能插翅飞过大自然的鸿沟！她每天都在打听是否有渡海的民船——她想回家，她想与亲爱的家人再见一面，但是，得到的回答都是"没有"。

厄运之网在一天天收紧。国民党保密局发现了吴石亲笔签发给朱枫的《特别通行证》，由此摸清了失踪多日的朱枫的去向，下令立即逮捕吴石、朱枫。1950年2月18日，隐蔽了两个星期的朱枫不幸被捕。她知道牺牲已不可避免，在狱中，朱枫拿出缝在大衣里的金链条，用牙咬成四段分四次吞下。但被敌人发现，自杀不成。不久，她被押解至台北，尽管敌人百般诱降，但朱枫始终坚贞不屈。1950年6月10日，朱枫与吴石在台北马场町英勇就义。

国民党保密局在后来公开的档案里对朱枫的评价有，她吞金自杀是"早作准备"，视此种做法是"不惜牺牲个人生命之纪律与精神"。朱枫那临危不惧、舍生忘死的精神，让杀害她的刽子手们都佩服不已。

人物档案

朱枫（1905—1950），原名贻荫，又名谌之，镇海城区人。

1905年，朱枫出生于镇海，后毕业于宁波女子师范学校。1925年五卅惨案发生后，20岁的朱枫带头参加了游行示威活动。1937年抗日战争全面爆发，朱枫又积极投入抗日救亡宣传活动。1945年，她秘密地加入了中国共产党，成为潜伏于上海的地下党员之一。

新中国成立后，朱枫潜伏台湾，执行秘密任务。1950年1月29日，蔡孝乾被捕叛变后供出朱枫，1950年6月10日，朱枫被定为所谓"中共间谍罪"与吴石一道被押赴刑场残忍杀害，时年45岁。2011年7月，朱枫的骨灰被运回宁波镇海老家，安葬在镇海革命烈士陵园。

红色之旅

朱枫烈士纪念楼位于宁波市镇海区镇海中学内。纪念楼属砖木结构，建筑面积为160平方米，是朱枫烈士青少年时代的旧居。纪念楼中展示了朱枫烈士的英勇事迹和遗物，呈现了朱枫从一位富家千金一步步成长为坚贞不屈的革命烈士的历程。朱枫烈士纪念楼现为浙江省党史教育基地、浙江省文物保护单位、宁波市中共党史教育基地。

赤子丹心

他们,未必是披甲上阵的红军将士,未必是长期潜伏的无名英雄,他们只是亿万中华儿女中普通的一分子。如果说他们有什么特殊的话,他们就是用自己的方式,说出了共同的心声:"我是中国人,我爱我的祖国!"

京剧就是我的枪

中国京剧界素有"北有梅兰芳,南有周信芳"的说法。南方的周信芳先生,籍贯慈溪慈城(今属宁波市江北区),7岁开始登台唱戏,艺名"七龄童",后来因为谐音写错海报而改叫"麒麟童",开创了京剧麒派表演艺术风格。在戏剧圈里,周信芳爱国是出了名的。

1931年9月的一天晚上,周信芳在上海天蟾舞台演完《封神榜》正卸妆时,看到了晚报上刊登的日军发动九一八事变的消息。他拍案而起,愤慨道:"我们不能再演《封神榜》了,我们要演能唤起民心的戏!"

抗战时期,周信芳自编自演《明末遗恨》。这出戏原本讲了明末李自成率军围攻北京城,崇祯帝深夜巡视,只见军士们意志消沉,几个权贵大臣依然安于享乐。这时,崇祯帝感到大明江山气数已绝,在悔恨交加中自缢于煤山。这出戏在周信芳的推敲改进下,有几段感人肺腑的对白。比如,当周信芳唱"卖国的汉奸何其多"时,台下观众不由产生共鸣,顿时掌声四起,经久不息。继而他又悲愤地对两个皇子说:"你们要知道,亡了国的人就没有自由了。"这句话更是触动了每个有良知的中国人的神经,在场观众有的义愤填膺,有的在暗暗抽泣。

  有人问周信芳,日本人到处搜捕京剧大师为他们服务,你是不是也要归山不再唱戏?周信芳正色道:"唱!为什么不唱!抵御外侮,战士们有枪,我周信芳有京剧,京剧就是我的枪!"这一时期,周信芳积极参与各种抗日救亡宣传活动,他与一些志同道合的朋友一起奔赴近郊的前线阵地慰问抗日战士,又去后方伤兵医院看望负伤战士,还经常在电台进行义播劝募。

  周信芳根据田汉等人的意见,为激起民众抗敌斗志重新编

演了《徽钦二帝》。该剧情节为徽宗沉溺酒色、罢忠用奸，最终徽钦二帝被掳。当大家看到徽钦二帝被押解过场的凄凉场面时，不禁想到日寇铁蹄践踏祖国山河的惨景，无不悲痛欲绝，伤心流泪。舞台上的宋徽宗此时有两句刚烈的唱词："只要万众心不死，复兴中华总有期。""中华"一词在传统京剧唱词中很少见，一般是用"社稷"等词。这里一出现，观众都知道这是在为民族呐喊。

其实，这两出戏别人都演过，而周信芳将戏的主题由权臣误国改编为亡国之痛，激起了观众的抗日热情，受到热烈欢迎，然而这也触动了敌人的神经。为此，他不是被盘查，就是遭到言语威胁，甚至还收到了夹着子弹的恐吓信。然而，周信芳没有屈服，继续用振奋人心的对白唤起同胞们同仇敌忾的抗日激情。每次他演出，即使天气不好，也总是满座。

然而，《徽钦二帝》演了21天就被勒令停演，周信芳登报声明停演原因，并夜以继日地编写新戏《文天祥》，这出戏还是遭到禁演。可周信芳不惧敌伪的威胁，依然在戏院的舞台两侧贴出了新戏预告，一边是《文天祥》，另一边是《史可法》。他以一个中国人的良心，一个人民艺术家的担当，以戏为枪，表达着对日寇的抵抗和对民族斗志的呼唤。

人物档案

周信芳(1895—1975),名士楚,慈溪慈城(今属宁波市江北区)人。

1895年,周信芳出生于江苏清江浦。6岁时,他跟随父亲周慰堂旅居杭州,7岁开始登台唱戏,艺名"七龄童"。1907年,周信芳在上海登台演出,改艺名为"麒麟童"。1908年后,周信芳多次进京和梅兰芳、谭鑫培等京剧艺术家同台演出,主要剧目有《萧何月下追韩信》等,所到之处演出均大获成功。

1937年抗日战争全面爆发,周信芳积极参加抗日救亡活动,他演出的《徽钦二帝》《文天祥》等戏,大大激起了观众的爱国热情。新中国成立后,周信芳于1959年加入中国共产党,曾任中国戏曲研究院副院长、上海京剧院院长、中国戏剧家协会上海分会主席等职。

红色之旅

周信芳戏剧艺术馆位于宁波市江北区慈城镇尚志路18号。艺术馆分为主馆和地方戏曲馆两部分。主馆展示了周信芳的家乡情缘、艺术人生、麒派艺术与门人、家庭生活四大篇章。地方戏曲馆展示了甬剧、姚剧、宁海平调等宁波地方剧种。

唱响全球的"大风"歌

溪水清清溪水长,
溪水两岸好呀么好风光。
哥哥呀,你上畈下畈勤插秧,
妹妹呀,你东山西山采茶忙。
....

这首20世纪50年代创作的《采茶舞曲》,一经电台播出,就因其浓郁的江南韵味,传遍大江南北。不过,在作者周大风看来,《采茶舞曲》并非他的巅峰之作,这位从宁波走出的人民音乐家曾在上海留下过一系列经典的抗日作品,其中最著名的一首,在1945年9月3日世界反法西斯战争胜利这天,奏响在60多个国家。

1937年抗日战争全面爆发后,周大风与同学一起创办扎马民众救亡工作团并担任团长,通过演出话剧、唱新闻等形式,在宁波广大乡村宣传抗日,有老乡笑他"小鬼心比天高",周大风却坚定地回答:"越是这种生死浴血的关头,就越需要文艺作品的鼓舞。"扎马民众救亡工作团到处巡回演出,影响越来越大,被当时的镇海县国民党官员怀疑是共产党领导的组织而被取缔。

1938年底,周大风乘坐一艘客轮,离开宁波前往上海投奔姑父。到达上海后,得知姑父的房子已被日本侵略者炸毁,年轻的周大风感到国破家亡的民族灾难近在咫尺,他在心中暗暗发誓:一定要用自己的特长,为抵抗日寇侵略贡献自己的力量!

几天后,经亲友介绍,小学毕业的周大风来到益丰搪瓷公司五分厂打样间美术部做学徒。周大风喜欢读书、写作,平时都会利用休息时间阅读厂里的报纸,了解时政消息。1939年春节前夕,从上海的一张报纸上,16岁的周大风读到了蔡元培先生撰写的《国际反侵略运动大会中国分会会歌》。他非常激动,立即用岳飞《满江红》的曲谱唱了起来,一旁的同事们也情不自禁地打

起拍子。一曲唱毕，周大风细细思量，觉得歌词文采虽好，但略显艰涩拗口，对一般老百姓来说，不够通俗，不利于广泛传唱。这天晚上，他鼓起勇气给蔡元培先生写了一封信，提出了自己的一些意见和建议。与此同时，周大风开始搜集资料，酝酿着自己心中的战斗歌曲。

终于，机会来了。不久后的一天，周大风从报纸上读到一则征稿启事，国际反侵略运动大会总会在全世界范围内征集总会会歌。周大风兴奋极了，他连夜奋笔疾书，口中念念有词。当东方的一抹朝霞映红黄浦江上空的时候，一首叫作《国际反侵略进行曲》的作品诞生了：

站起来！站起来！站起来！

全世界爱护和平的兄弟姐妹们，

快为着保卫人类的文明和生存而前进！

……………

没过多久，周大风惊喜地从上海发行的《正言报》和香港发行的《星岛日报》上，看到了自己创作的《国际反侵略进行曲》的词曲。蔡元培先生称誉该曲"全球同声，为国争光"，并亲自向总会推荐，该曲被确定为国际反侵略运动大会总会会歌，并被译成多国文字，许多国家举行反侵略集会、游行时都高唱此歌。

人物档案

周大风（1923—2015），原名周祖辉，浙江宁波人。

1923年，周大风出生于上海。1937年抗日战争全面爆发，周大风不得不中断音乐学习，回到故乡。他与同学王博平等成立了扎马民众救亡工作团。1938年12月，周大风进上海益丰搪瓷公司五分厂打样间美术部做学徒，业余时间跟上海国立音专王瑞娴教授学钢琴。周大风目睹日本侵略者的种种暴行，创作有《堡垒进行曲》《孤岛艺人之歌》《胜利进行曲》等反侵略题材歌曲。他创作的《国际反侵略进行曲》被国际反侵略运动大会总会定为会歌。

新中国成立后，周大风曾任宁波地委文工团团长、浙江省文工团乐队队长、浙江省越剧二团艺术室主任等职。1958年，周大风跟随剧团赴温州泰顺山区巡回演出，美丽的浙南风光触发了他的创作灵感，他创作出了以富有江南特色的越剧唱腔为基础的《采茶舞曲》。《采茶舞曲》后经周恩来总理的修改，迅速在全国流行，被联合国教科文组织评为"亚太地区风格的优秀教材"，入选"亚太地区音乐教材"。

 把国歌唱遍全世界

每当嘹亮的国歌《义勇军进行曲》伴随着五星红旗冉冉升起而响彻云霄时，每一个中国人都会由衷地感到骄傲、自豪，这是无数先烈用鲜血染成的五星红旗，这是无数仁人志士共同谱写的救亡乐章。或许你不知道，在80多年前，一位宁波籍的爱国人士率先传唱、推广了这首爱国歌曲，并将它唱遍全中国、响彻全世界。他的名字叫刘良模。

1934年，刘良模在上海组建了我国第一个抗日救亡歌咏团体——民众歌咏会。他曾说："民众歌咏是民族解放运动的军号，号声在哪里，民族解放的斗士也在哪里。我们不是为唱歌而唱歌，我们是要为民族解放而唱歌。"1935年，聂耳创作的《义勇军进行曲》一面世，刘良模立刻在民众歌咏会教唱，当几百人用高昂的歌声唱出"起来！不愿做奴隶的人们"时，全场热血沸腾、群情激昂。

1936年6月7日，上海民众歌咏会在南市大吉路公共体育场举行抗日救亡歌咏大会。国民党反动派为了阻挠这场大会，临时在体育场里组织了一场足球赛。但歌咏会成员及来自上海各行业的

几千名爱国人士一起涌进体育场，在刘良模的带领下齐声高歌。此时，大批军警冲进体育场将大伙包围，现场顿时安静下来，大家不知道后面会发生什么。只见刘良模健步走上比赛裁判所用的高凳，环顾四周并向军警们高呼："我们都是中国人，都爱国，都要抗日！"他徒手指挥大家继续高唱。当唱到《义勇军进行曲》时，军警、民众已唱成一片。

此后，刘良模辗转抗战前线，教当地军民唱抗日歌曲。1937年，刘良模曾到宁波组织民众歌咏活动，参加者有百余人。1939年春，刘良模在金华教唱抗日歌曲时，第一次见到了周恩来。周恩来对他组织的抗日歌咏活动十分赞赏，鼓励他坚持下去。

由于抗日歌咏运动声势浩大，刘良模多次受到迫害，他在1940年奔赴美国，将《义勇军进行曲》带到了大洋彼岸。他组建

了一支华侨青年歌唱团,继续传唱抗日歌曲,并经人介绍认识了国际和平奖金获得者、美国著名黑人歌唱家保罗·罗伯逊。保罗·罗伯逊被刘良模带来的中国革命歌曲所打动,在刘良模注音教唱下,他不仅学会了用中文、英文唱《义勇军进行曲》,还在纽约一个著名的露天剧场公开演唱,并将此歌称为《Chee Lai》。1941年,保罗·罗伯逊和华侨青年歌唱团一起灌制了唱片《Chee Lai》,收录了包括《义勇军进行曲》的一组中国进步歌曲,唱片封面的副标题为"新中国的歌声"。

从此,这首象征着中华民族为自由而斗争的战歌在多国传唱,其犹如一面战鼓,在世界反法西斯战争中擂响,几乎成了当时的国际战歌。1941年太平洋战争爆发,《义勇军进行曲》在东南亚地区广泛传唱;1944年,印度德里广播电台将此歌作为对中国广播的开始曲;1945年,《义勇军进行曲》被选为反法西斯战争胜利之日联合国演奏的代表中国的乐曲……

人物档案

刘良模(1909—1988)，镇海人。

1909年，刘良模出生于上海。1932年，刘良模从沪江大学社会学系毕业。学生时期，他以强烈的爱国心和出色的演讲才能，担任各级代表大会文牍、歌咏团书记等职务，这为其日后组织民众歌咏活动打下了坚实的基础。1934年，刘良模在上海组建了我国第一个抗日救亡歌咏团体。此后，他辗转抗战前线，教当地军民唱抗日歌曲。1937年，他曾到宁波组织民众歌咏活动，参加者有百余人。

1940年，刘良模辗转来到美国，把中国抗战的情况介绍给美国人民，把中国人民的抗战歌曲唱给他们听。1949年9月，他应邀回国参加第一届中国人民政治协商会议。刘良模和所在小组多位组员向大会提出以《义勇军进行曲》为代国歌的建议，获得通过。新中国成立后，刘良模曾任全国青联副主席、上海市侨联副主席、上海市政协副主席等职。

 抗日宣传小战士

　　1937年7月7日，震惊中外的卢沟桥事变爆发后，全国掀起了抗日救国的浪潮，各地纷纷成立抗日救亡团队。1938年春，时任宁海观澜小学校长的邬荣葺发起成立了璜溪口"三八读书社"，组织师生阅读进步书刊。在此基础上，璜溪口小学教师徐孝慰，与当时同为地下党员的谢时春一起，组织了儿童救亡歌剧团。

　　歌剧团成员均是小学应届毕业生，他们人小志气高，在当时饭也吃不饱的情况下，仍然到西店、香岩、璜溪口、梅林一带演出，高唱抗战歌曲，书写抗战标语。孩子们生活十分艰苦，但演出时个个精神抖擞，所到之处，无不激起民众强烈的抗战热情。

　　1938年的一天，剧团来到璜溪口邬氏祠堂。谢时春安顿好剧团道具，顾不上休息，就领着歌咏队与粉笔队走村串户开始宣传。歌咏队8个娃一字排开，领头的唱一句，后面就附和着："念念东洋经，东洋怎会格强横""同心合力想法子，快打东洋日本鬼""东洋打退，地方夺回"……粉笔队的几个娃手里拿着粉笔，在村中见有平的墙壁就写上"铲除汉奸""全国人民团结起来一致抗日"等标语。娃们满脸是汗，喘着粗气，但都热情高

涨,仿佛自己就在抗日战场。

天渐渐黑下来,大家回到祠堂吃碗粥就准备演出。祠堂内里三层外三层,挤满了看戏的人。一位演员快步走上戏台,双手抱拳,向前一鞠躬:"多谢父老乡亲捧场,儿童救亡歌剧团今天来璜溪口演《战南苑》,主要是为宣传抗日。"

这时,门口走进5个警察,为首的腆着大肚子,瞪着眼走上戏台,吼道:"谁叫你们演的?不能演!"随即他们又走进化妆室,朝道具一阵乱踢,有几个小演员被吓得哭起来,化妆室内传出一片惊叫声。此时,站在前排看戏的10多个小伙子愤怒地冲进化妆室,抓住警察就往外拖。"大肚子"想拔枪但已来不及,两只手早就被两个小伙牢牢按住而动弹不得。小伙子们将警察拉出祠堂,几个胆大的渔民拿起木棍就往警察头上打,吓得"大肚子"连连求饶,狼狈而逃。

锣鼓声响起,一阵紧过一阵。台下的人们从刚才的混乱中

回过神来，整个祠堂一下子恢复了原来的气氛。只见台上走出个小老头，他脚穿草鞋，东躲西藏，随后又走出几个"日本兵"。"日本兵"和汉奸抓住了一个游击队员，并把游击队员绑在树上，用鞭子使劲地打，汉奸在日本兵前点头哈腰。

"打倒敌人，打倒汉奸！"突然，台下不知谁高喊起来。紧跟着，全场的群众也都喊了起来。这时，徐孝慰快步走上台，扯着嗓子喊道："乡亲们，敌人已经侵占了我们好多地方，同胞在流血，大家要团结起来，打倒敌人！打倒汉奸卖国贼！"

演出后，全村人像过节似的，纷纷把小演员接到自己家里去吃饭，一个劲地夸赞他们演得好。抗日烽火下的儿童救亡歌剧团，用他们稚嫩的肩膀扛起了救亡重担，犹如一枚红色的火种，燃起宁海全民抗战的熊熊烈火。

人物档案

徐孝慰,宁海山前村人,宁海璜溪口小学教师。任教期间,他积极参与抗日救亡运动,是当地抗日救亡活动的重要组织者之一。

卢沟桥事变爆发后,徐孝慰与同为地下党员的谢时春等人,于1938年春在宁海组织了儿童救亡歌剧团,并得到了时任观澜小学校长邬荣茸的支持。徐孝慰借用传统曲调编排了《奴隶魂》《亡国恨》《战南苑》等抗战曲目。

永不褪色的红色记忆

  走在宁波城区的南塘老街，迎面飘来的既有老底子宁波汤圆、油赞子的香味，又有新潮流的各色咖啡、各地小吃的味道，烟火气满满。在喧闹声中，在街巷深处有一座名人故居。新中国第一任中央电影事业管理局局长袁牧之就出生在这里。

  袁牧之出生于一个家境富裕的商人家庭。小时候，家里人为了逗孩子开心，经常带着他挤到人群里看戏。看完回来，他就学着戏里人物的动作和腔调表演起来。袁牧之把自己家那条长长的过道当成剧场，每天一吃完晚饭，就招呼隔壁的小伙伴："喂，吃完了没有啊，开始演戏了！"他与小伙伴们自编自导自演，倒腾出一段段简单天真却不失幽默风趣的现代戏。没想到，袁牧之居然因此出了名，连宁波城里赫赫有名的"共舞台"也来邀请他去演出。

  从小结下的戏剧情结深深影响着袁牧之。在上海读大学的时候，家里给他安排的法律专业还没读完，他就弃学从艺，跑去追求自己喜爱的戏剧事业了。1937年，袁牧之编导的电影《马路天使》在上海首映，一下子风靡上海滩，创下了连映21天、10万人次观看的票房奇迹。然而，就在青年袁牧之执着追求戏剧梦想、事业如日中天的时候，日本侵略者打到了上海家门口。国仇家恨面前，袁牧之思考着，一个电影人能做点什么？

带着这份思考，1938年，袁牧之主演了影片《八百壮士》。该片努力再现八一三淞沪抗战的真实故事。但片子还没拍完就传来消息，八百壮士因弹尽粮绝，全部撤到了外国租界。这个消息如霹雳般，让袁牧之沮丧至极，也让他更加清晰地意识到，比拍摄抗战故事片更加迫切的，是走到战火纷飞的阵地上，把众志成城抗击侵略者的斗争生活拍摄下来，制作成纪录片，给深受苦难的人民看，给抗日民族统一战线看，给国外一切可以争取的力量看。

他的这一想法得到了周恩来的支持。在周恩来的安排下，袁牧之前往香港购买了拍摄所需的设备和胶片，又从热心支援中国抗战的荷兰电影导演伊文思那里得到了其捐助的电影器材和胶片。他约同摄影师吴印咸等奔赴延安，组建延安电影团，拍摄大型纪录片《延安与八路军》。

1939年初，《延安与八路军》摄制组在拍完延安的全部素材后，前往华北敌后地区继续拍摄。他们渡过黄河，到晋西北拍摄了部队生活、民兵操练，以及贺龙等将领在前方的活动。他们越过雁北的崇山峻岭，冒险穿越敌人的封锁线，到晋察冀边区拍摄了白求恩大夫救死扶伤的事迹。此后，摄制组兵分三路，完成剩余的拍摄、制作任务。分手前，袁牧之千叮咛万嘱咐，要求大家像保护自己的生命一样保护好摄影机和胶片。虽然，由于战争的原因，大部分影片底片没能保留下来，这部记录我国抗日战争的重要影片功亏一篑，成为无法弥补的遗憾，但从留存下来的少部分素材资料中,足以看到袁牧之那一代电影人的赤子心、报国情,是留给我们的永不褪色的红色记忆。

人物档案

袁牧之(1909—1978),原名袁家莱,浙江宁波人。

1909年,袁牧之出生于宁波城区杨家桥巷。1920年,袁牧之到上海求学,参加戏剧活动,后成为洪深组织的戏剧协社的小演员。1930年,他参加了中国左翼戏剧家联盟。袁牧之不仅善于表演,还善于编导,1934年,他进入电通影片公司,编剧并主演了我国第一部真正意义上的有声影片《桃李劫》。

抗日战争全面爆发后,袁牧之积极从事抗日宣传活动,导演了大型话剧《保卫卢沟桥》。1938年,袁牧之受周恩来同志委派,参加抗日根据地的电影筹建工作。1940年,袁牧之加入中国共产党,并赴苏联学习苏联电影的创作经验。1946年,袁牧之回国后,赴东北组建东北电影制片厂。新中国成立后,他被任命为第一任中央电影事业管理局局长。袁牧之创造了中国电影史上的诸多"第一",是人民电影事业的开拓者和奠基人之一。

红色之旅

袁牧之故居位于宁波市海曙区杨家桥巷1号。故居是典型的清代晚期建筑。这里记录着人民电影事业的奠基者袁牧之的成长时光，也记载了他光荣的革命斗争历史。袁牧之故居现为宁波市中共党史教育基地、宁波市文物保护单位。

为珠峰正名

当你打开世界地理图册,一定会问上几个问题:哪座山峰最高,哪条河流最长……最高的山峰叫珠穆朗玛峰,最长的河流是尼罗河。中国地图里的珠穆朗玛峰,曾经一度使用了外国人起的名字,那么,是谁为它恢复了最初的真名呢,这个人就是宁波人王鞠侯。

1951年1月的一天早上,开明书店自然编辑室的主任王鞠侯跟往常一样,翻看着当天的报纸。突然,在他读到《人民日报》的一篇报道中称世界第一高峰为"额菲尔士峰"时,原本舒展的眉头顿时皱了起来,他表情严肃地自语道:"一派胡言,简直一派胡言!"

东南大学地学系科班出身的他,对这则报道感到伤心。原来,在1852年,曾负责测量喜马拉雅山脉的英国人乔治·额菲尔士自称发现了世界第一高峰。1858年,英国皇家地理学会就用他的名字命名了这座山峰"额菲尔士峰"。而在王鞠侯的记忆中,清代的康熙皇帝就对这座山峰组织过测量,他也在《皇舆全览图》上看到过关于这座山峰的位置标注,它应该有自己的中国名字。于是，王鞠侯写了一篇《大小高低》的文章发表在当时国内知名的少儿期刊《开明少年》上，呼吁为珠峰正名。

没想到，这篇文章被著名翻译家、时任《人民日报》的编辑胡仲持看到了，并引起了他极大的兴趣。他觉得，中国既然早早发现并命名了这座山峰，就应该按照国际惯例，使用中国人的命名。

胡仲持马上联系开明书店找到了王鞠侯。王鞠侯告诉他，自己确实看到过珠峰的记载。为了谨慎起见，他们商量再去故宫查阅《皇舆全览图》，而且需要拍下照片作为证据。随后，王鞠侯马上联系了故宫博物院，在工作人员的帮助下找到了这幅地图，果然发现图上国境边界的一段山脉旁赫然写着"朱母朗马阿林"六字，"阿林"是满语"山峰"的意思。据考证，康熙皇帝1717年组织力量绘制西藏地图时，根据藏语发音记载了其汉译

名字，到了1770年制成的《乾隆内府舆图》上则改为"珠穆朗玛阿林"，而1863年绘制的《皇朝大清一统舆图》又将其标作"珠穆朗玛山"。由此可以证实，我国测定珠峰的时间比西方早了近140年。

胡仲持知道后，当即决定尽快在《人民日报》摘录转载王鞠侯发表的关于珠峰的文字，并附上编者按，请全社会讨论。1952年5月8日，中央人民政府内务部、中央人民政府出版总署发出通报，"额菲尔士峰"应正名为"珠穆朗玛峰"。从此以后，国内出版的一切文献均采用这个名字。王鞠侯也因此被誉为"为珠峰正名的人"。

人物档案

王鞠侯(1902—1951)，名勤堉，慈溪慈城（今属宁波市江北区）人。

1902年，王鞠侯出生于慈城。他自幼好学，1915年入慈湖高小，1917年毕业。1922年，他考入东南大学，师从竺可桢学习地理，并任其助教。抗日战争期间，王鞠侯在慈溪参与创办了崇本补习班（后为慈湖中学南区分部），积极参加抗日救亡活动。

新中国成立后，王鞠侯于1949年底进入开明书店任自然编辑室主任。他毕生潜心于著述，译有《地质学浅说》，著有《地球与地面》《青年气象学》等著作。出于对家乡的挚爱，王鞠侯还编写了《宁波谜语》等著作。

两个"金汤圆"

你喜欢吃宁波汤圆吗？这是宁波最具代表性的传统小吃。宁波籍"世界船王"包玉刚也喜欢这道美食。他不仅爱吃宁波汤圆，还专门给宁波送了两个"金汤圆"。

包玉刚出生于镇海庄市钟包村的一个商人家庭。他13岁时就被父亲送到上海求学，后来也走上了经商的道路。1949年，包玉刚来到香港从事航运业，仅用10余年时间就登上了"世界船王"的宝座。1984年，邓小平发出了"把全世界的'宁波帮'都动员起来建设宁波"的号召。为了响应号召，包玉刚接受宁波市政府的邀请，在1984年10月28日回到了阔别几十年的家乡。这次回乡除了走亲访友，政府部门还安排包玉刚四处走走。

包玉刚看到北仑港的港口条件相当好，就建议搞水运中转，开辟集装箱码头，建设大钢厂和设立保税区。他了解到当时的宁波还没有一所综合性大学，就语重心长地说："香港550万人口，有四所综合性大学，而宁波500万人口，面积又是香港的10倍，没有一所大学，高等教育那么落后，人才是个问题，发展怎么跟得上呢？"随即，包玉刚就允诺捐资筹建宁波大学。

1984年12月，包玉刚到北京参加中英双方关于香港问题的签约仪式。12月19日早上，包玉刚与宁波市政府顾问卢绪章、宁波市市长耿典华共进早餐。包玉刚谈到邓小平支持他捐资建设宁波大学。同时，耿典华向包玉刚介绍了在他离开宁波后这一个多月时间里完成的关于筹建宁波大学的工作。包玉刚听得很认真，他认为，在这么短的时间里能做到这个程度很不容易，大学的设计也没有问题。后来谈到捐资金额，包玉刚还是按照原先商定的2000万美元支付。这个时候，服务员正好端上来一份金黄的油炸宁波汤圆，包玉刚就夹了两个："市长，一个汤圆值1000万美元哟，这个事情就这样说定了。"在场的人都笑了起来。

1985年9月，在包玉刚的请求下，邓小平为宁波大学题写校名。10月29日，在包玉刚故里镇海庄市附近，宁波大学举行了隆重的奠基典礼。在原国家教委的大力支持下，北京大学、复旦大学、中国科技大学、浙江大学、杭州大学对口援建宁波大学，并派出资深教授担任系主任。1986年9月，来自华东五省一市的280名新生跨进了这所大学，宁波也结束了没有综合性大学的历史。

后来，包玉刚捐建了宁大体育中心，将自己一生重视体育锻炼的经验总结为"持恒健身 勤俭建业"，并题写给师生，他还捐建了宁大图书馆。而今，宁波大学已成为国家首批"双一流"建设高校，培养学子无数，为宁波建设输送了大量人才。

人物档案

包玉刚（1918—1991），名起然，镇海庄市人。

他早年入镇海中兴学堂，后入吴淞商船专科学校船舶专业学习。1937年辍学去银行工作，凭借自己的努力，他从普通职员升任衡阳分行经理、重庆分行经理，直至上海市银行副总经理。1949年，他和父亲来到香港，经营进出口贸易，1955年成立了环球航运集团有限公司，1970年改为环球航运集团股份有限公司，1972年创设环球国际金融有限公司，任董事会主席。

红色之旅

包玉刚故居位于宁波市镇海区庄市街道钟包村。五间两弄砖木结构的两层瓦房坐北朝南,具有典型的江南民居风格。故居有包氏一脉、船王之路、厚德传世、集光留影四个展厅,展示了这位航运家的个人奋斗史和爱国爱乡的辉煌成就。

院长妈妈勇退日寇

  1941年4月20日宁波沦陷后,位于奉化泰清山上的国际灾童教养院暴露在敌寇的眼皮子底下,岌岌可危。一天,日本兵到附近"清剿"抗日分子的消息传到了教养院,正巧竺梅先院长外出筹粮,他的夫人徐锦华副院长知道,这个时候自己就是全体师生的主心骨,她必须带领大家一起渡过这个难关。

  她一边安排人员把图书馆内的大批抗日书籍埋入预先挖好的大坑内,一边召开全院紧急大会。她对师生们语重心长地说:"你们都是我的儿女、我的兄弟同胞,教养院一定会保护每一个人的安全。敌人上门,大家不要表露惊慌,不得离开教室,没课的老师全部下到各教室护卫学生。大家一定要顾全大局,不要有过激行为,一定把仇恨牢牢埋在心里。"会后,她从箱子里取出丈夫出于安全考虑一早就准备好的各领馆证书。

  果然,只隔了一天,几十个日本兵气势汹汹地包围了教养院,他们架起机枪并对准院门,扬言要肃清抗日分子。面对冲入大礼堂的日寇军官,徐锦华镇定地指着墙上悬挂的外国院董的照片,并拿出各领馆证书,不卑不亢地说:"这里是具国际性质的难童教养院，全院都是战争孤儿，我是他们的母亲。"

日寇军官向外喝令一声，随后，一列列端着装有刺刀的枪的日本兵逐个房间搜查，他们的皮鞋踏在地板上，发出噔噔的响声。教室的门按照预先布置的全开着，日本兵在门口张望，只见孩子们正在专心致志地上课。一圈下来，日本兵实在找不出什么值得怀疑的地方，但心有不甘，最后抬着院里养的两头猪走了。

可在这平静的背后，多少孩子咬紧牙关，强忍着内心的愤怒。平时，教养院以自己的方式培育着孩子们的爱国心。清晨早起，《报仇雪恨》的歌声就响彻山间："钟声打白云，黎明人即起，同是离乱人，四海皆兄弟。苦读书，勤做事，时间莫荒度。过今天，有明天，报仇雪耻在何年？"一位曾在教养院学习过的学生后来写文章回忆："因为我们对日本帝国主义有切齿入骨之恨、不共戴天之仇，在我们幼小的心灵里，已经开始懂得国家兴亡、匹夫有责。"但这一回，他们听从了院长妈妈的叮嘱，用信任、用团结战胜了敌人，化解了一场危机。敌人走后，许多孩子放声大哭，这其中有害怕，有恐惧，但更多的是用这种方式释放自己心中的怒火，他们坚信中国人民是不会屈服的，中国人民一定会战胜任何来犯之敌！

敌人走后，徐锦华的手心还捏着一把汗，但她的心中颇为欣慰，因为这所特殊的学校，培养了一群讲纪律、懂团结、明事理、识大体的孩子，这些孩子就是国家的希望、民族的未来。

人物档案

竺梅先（1889—1942），奉化长寿乡（今属宁波市奉化区萧王庙街道）人。夫人徐锦华(1893—1947)，江苏松江（今属上海市松江区）人。

20世纪20年代中后期，竺梅先已是沪上著名的实业家，他接办宁绍轮船公司用于运送难民、传输军资，积极投身于反帝爱国斗争之中。夫人徐锦华毕业于松江女子师范学堂，全力支持丈夫的爱国行动。

抗日战争期间，上海有一大批儿童因战乱无家可归。竺梅先在宁波旅沪同乡会提议创办一所儿童教养院，接收流落街头的儿童。在得到同乡会支持后，他积极邀请当时沪浙地区的社会名流加入教养院董事会。1938年7月，由32人组成的院董会正式成立，后又通过关系取得各驻沪领馆的支持，将教养院定名为"国际灾童教养院"。竺梅先任院长，夫人徐锦华任副院长，主管全部院务。

1938年9月，竺梅先与夫人徐锦华把位于奉化莼湖岙口村的泰清寺整修之后，正式创办了国际灾童教养院。

1942年5月，竺梅先因长期操劳过度，染病不治辞世。之后，徐锦华虽竭力维持，但因日伪当局胁迫，教养院于1943年9月被迫关闭。在竺梅先夫妇全力护佑的院童中，有30多名院童参加了新四军浙东游击纵队。

红色之旅

　　国际灾童教养院故址纪念亭（梅华亭）位于宁波市奉化区岙口村泰清山上。1990年，部分当年教养院的院童为纪念国际灾童教养院和竺梅先夫妇，在泰清山上建造了这座纪念亭。2015年7月，国际灾童教养院史料陈列室在奉化区的尔仪小学正式开馆，这段战火纷飞中的爱国情怀得以再次展示。

沙耆画雄狮

他从小体弱多病，唯爱画画，自小就显露出非凡的绘画天赋；他是国画大师徐悲鸿的学生，虽然身份只是旁听生，但徐悲鸿多次称赞他比其他正式学生画得还好；晚年，他得了精神分裂症，但他的艺术创作成就斐然，被誉为"中国梵高"，他就是出生在鄞县塘溪镇沙村（今属宁波市鄞州区）的传奇画家沙耆。

沙耆出生在一个革命家庭，小时候堂兄沙文求、沙文汉在家乡领导农民集会、游行，宣传共产主义革命思想，给他幼小的心灵留下了深刻的印象。在他们的影响下，沙耆也积极投身革命运动，到上海参加抗日宣传活动。因为画了一张讽刺黑暗政治的漫画，他不幸被捕了，所幸父亲通过多方疏通关系，为他求得保外就医。

1934年，沙耆赴南京跟随徐悲鸿学画。经徐悲鸿推荐，1937年初，沙耆进入比利时皇家美术学院深造。经过几年的学习，沙耆的艺术水平得到很大提升，学业结束时还获得了学院的金质奖章。正当他准备归国之际，德国占领了比利时，战争阻断了他回家的路。

虽身处异国他乡，但沙耆时刻牵挂着战火纷飞的神州大地，他用自己的画笔为祖国加油。1940年春，阿特利亚蒙展览会在比利时举行，沙耆专门画了一幅孙中山油画像，并写了"联合世界上平等待我之民族共同奋斗"的条幅进行展出，受到了国际友人的赞赏，留比侨胞更一致称颂他"为祖国争光"。

1945年10月，沙耆在毕底格拉地美术馆举办个人画展，他创作的《雄狮》象征着伟大的中国人民在抗日战争中击败了日本侵略者，更是表达了他对祖国的热爱和敬仰，展后，他将此画以旅比侨民的名义献给祖国。

是啊，中国这头沉睡了近百年的雄狮应该觉醒了，每一个中华儿女都有责任让其重获新生，以独立自主的身份屹立于世界之林。此画一展出，立刻获得媒体的关注，当时的《比利时晚报》这样评论道："此画足增中国的光荣，在此展出，尤足体现中比两国的友谊。"

可能因长时间对祖国命运的担忧，对千万里之外家人的牵挂，沙耆的精神疾病多次加重。1946年，在中国驻比利时大使馆的帮助下，沙耆终于带病回到了祖国的怀抱。沙耆长期不忘"保家救国"，他曾在精神恍惚时反复念叨自己"是有国有家的人，不能保家救国是有罪"。

沙耆的一生充满了坎坷，但他的信念始终如一。他的艺术作品不仅是他才华的展现，还是他情感的一种寄托。尽管精神疾病对他的生活造成了巨大影响，但他以惊人的毅力和勇气，继续着自己的艺术创作。他回到家乡宁波几十载，创作了数以千计让人惊叹的优秀作品。

人物档案

沙耆（1914—2005），原名沙引年，鄞县塘溪镇沙村（今属宁波市鄞州区）人。

1914年，沙耆出生于鄞县塘溪镇沙村。沙耆的父亲沙松寿擅长中国山水画，对他产生了较深远的影响，他还与著名书法家沙孟海是堂兄弟。沙耆曾在上海昌明艺专、上海美专、杭州艺专习画。1937年，沙耆进入比利时皇家美术学院学习油画，1939年7月，沙耆以优异成绩毕业，并获得"至高美术金质奖章"。在比利时期间，沙耆与毕加索等名画家共同举办展览，其艺术成就得到了国际认可。

1946年10月，沙耆因患精神疾病回国，时任北平艺术专科学校校长的徐悲鸿得知沙耆回国，即约聘其为该校教授，但沙耆因病未去。尽管沙耆患有精神疾病，但他始终未放弃艺术创作。1983年5月，由浙江省博物馆等共同主办的"沙耆画展"在杭州举行并引发强烈反响，轰动一时。沙耆曾被聘为浙江省文史研究馆馆员和上海文史研究馆馆员。

红色之旅

沙耆故居位于宁波市鄞州区塘溪镇沙村。故居是二间一弄庭院式砖木结构楼房,主体坐北朝南。故居门口是沙耆故居简介的导视牌,大厅内有关于沙耆画作的介绍等,故居二楼还专门开辟了两个房间作为沙耆手稿的展示厅,展出了沙耆的几十幅手稿。沙耆故居现为浙江省文物保护单位。

科学报国

科学无国界，但科学家有祖国。无论身处战乱年代还是和平时期，他们始终把科研使命与祖国同胞牢牢记在心中，在逆境中矢志追求真理，排除艰难险阻。他们以淡泊名利、甘为人梯的奉献精神，完美诠释了胸怀祖国、服务人民的科学家情怀。

弃学回国的"蝶神"

一定有不少小读者读过一部叫《昆虫记》的名著，它的作者是世界著名的昆虫学家法布尔。而在宁波，也走出了一位著名的昆虫学家，他就是被同行誉为"蝶神"的周尧。

1936年，周尧历经整整三个星期的海上颠簸，来到了意大利水上名城——威尼斯。他有幸拜在了世界昆虫学界泰斗、皇家那波利大学农学院院长西尔维斯特利教授的门下。周尧每天总是最早来到实验室，最后一个离开，为了有更多的时间学习研究，他常常将三块黑面包作为全天的食物。节假日，他就到学校附近的树林里捕捉昆虫，制作出一个个精美的昆虫标本。一年后，他的多篇文章在研究所的学报上刊发，得到了导师的高度赞扬："你会成功的！""我为有你这样的学生感到荣幸。要不了几年，你也会和我一样有名并且会超过我的！"

正当周尧沉浸在科学研究之中时，千万里之外的中国爆发了震惊中外的卢沟桥事变。随着日寇在东方发动侵略战争，意大利国内的法西斯气焰也与日俱增。有一次在留学生的聚会上，一个英国学生傲慢地诋毁中国，周尧霍地站起身来，反驳说："我们中国是世界文明古国,中华文化源远流长,就像太阳,几千年前就从东方升起,不久,文化和科学的太阳还会从东方升起的,咱们瞧吧!"

在一个夜深人静的夜晚,周尧来到了导师的工作室,他鼓起勇气推开了门。

"老师,我要走了!"

"走?上哪里去?"教授没有抬头,笔尖仍在纸上滑动。

"回国!"

"什么?!"教授抬起头,目光炯炯地盯着周尧那张坚毅而激动的脸庞,明白这不是开玩笑。他站了起来,严肃地说:"这不是意味着你的学业要中断了吗?你的前途还要不要?"

时间瞬间停滞了，两个人对视着。

"放弃你的前途，我为世界昆虫学界感到遗憾，你还是再考虑考虑吧！"

"我已经考虑很久了，报国之日短，求学之日长，大虫（日本侵略者）不杀，杀小虫何用！"

周尧的一席肺腑之言令教授十分感动，他满怀深情地拍着周尧的肩头说："赴国难的人是无可指责的。去吧，回到你那美丽而多难的祖国去吧！但我希望你在战争结束后终生致力于昆虫研究，要成为一个名副其实的昆虫学家，为你的祖国争光！"

回到祖国的怀抱，周尧毅然投笔从戎，在广东参加了国民革命军北上抗日，但周尧作为留学归国的专业人才，在三个月后就结束了自己的戎马生涯，重新投身昆虫科研事业。他主攻昆虫分类学，是中国昆虫分类学的重要奠基人，提出了"时空统一"的进化分类理论。周尧不仅重视昆虫分类基础研究，还注重研究和解决生产中遇到的实际问题。他组织开展了如小麦吸浆虫的防治研究等，对保护农业生产做出了重大贡献。周尧还是中国昆虫学史研究的拓荒者，他看到世界昆虫学史只讲西方，对中国只字不提，决心为中国昆虫学史立传，最后结集成《中国昆虫学史》一书，创立了中国昆虫学史研究方向。因其在昆虫领域的卓越贡献，周尧又被称为"虫坛怪杰"。

人物档案

周尧（1912—2008），浙江宁波人。中国著名昆虫学家。

1932年，在上海读完中学的周尧考入江苏南通大学农学院。1936年，他因成绩优异获得资助，赴意大利那波利大学学习，进入当时世界昆虫分类学权威西尔维斯特利教授的昆虫博士研究生班，并在西尔维斯特利教授的指导下攻读昆虫学博士学位。1937年7月7日，卢沟桥事变爆发，周尧拒绝了导师的挽留，准备回国抗战。1938年4月，周尧回到广州后立即随军到了抗日前线。但周尧作为留学归国的专业人才，在三个月后结束了自己的戎马生涯，开始进入中国昆虫学领域奉献自己的力量。

1939年11月，周尧被聘为西北农学院教授，从此扎根祖国西北，把一生精力都倾注在昆虫学的教学和科学研究事业上。他主编的《中国蝶类志》是昆虫学领域一部具有划时代意义的科学巨著。周尧曾任中国昆虫学会理事、陕西省昆虫学会名誉会长、中国昆虫学会蝴蝶分会名誉理事长等职。

红色之旅

周尧昆虫博物馆位于宁波市鄞州区日丽西路336号。博物馆总建筑面积为2760平方米，是浙江省唯一的昆虫主题自然类博物馆，集名人纪念馆与自然科学类博物馆为一体。博物馆通过实物加模型、图片加影像、多媒体互动、生态活体养殖等多种形式，与参观者积极互动，成为市民特别是青少年喜爱的打卡地。

# 为中国人争气

童第周，可能不少小读者读过他如何"水滴石穿"，在效实中学从"倒数第一"成为"正数第一"的励志故事。而这里要讲的是，他是如何为中国人争气的爱国故事。

1930年，28岁的童第周来到了比利时学习生物学。最初，很多人都看不起这个瘦小的中国人，面对同学们不友善的目光，童第周毫不在意，自己默默地在实验室做实验。当时，实验室正在用蛙卵做实验，其中一项重要的工作是要用小镊子把直径大约一毫米的蛙卵外膜撕开。操作的难点在于蛙卵又圆又滑，力气用大了蛙卵就被夹碎了，力气用小了蛙卵就从镊子下滑走了，童第周的同学们尝试了几十次，都失败了。见此情景，童第周在显微镜下用针刺了一下蛙卵的外膜，就顺利地将薄膜剥离了。一个美国学生不解地问他："你是怎么搞的？"童第周告诉他们："卵内有压力，先刺一个洞，压力降低后外膜就好剥了。"大家都向他表示祝贺，佩服起这个中国人来。

他的举动引起了导师达克教授的注意，导师十分欣赏这个极具天赋的中国学生。达克教授还带他来到著名的科研中心法国海

洋生物研究所，童第周因为当场演示剥离直径不到十分之一毫米的海鞘卵子外膜而一举成名。

留学期间，童第周发表了一批学术成果并获得博士学位，他的导师说："你留下来可以继续做一年研究，争取拿个特别博士学位。"但当时的中国受到日本侵略者的蚕食，国内的同胞都在浴血奋战，童第周实在不想待在异国他乡读什么特别博士。他谢绝了导师的挽留："我要把所学带回祖国，把中国生物学发展起来。"

1934年底，童第周回国出任山东大学生物系教授。1937年，卢沟桥事变爆发，山东大学被迫南迁，童第周坚持跟着学校从安庆到武汉，从沙市到万县，辗转万里，一边支持抗日运动，一边坚持科研教学。1941年，童第周到内迁至四川宜宾的同济大学生物系任教，当时的科研条件异常艰苦，连一架像样的显微镜都没有。有一回，童第周在一个旧货摊上看到了一台德国制造的双筒显微镜，如获至宝，但摊主狮子大开口，最后还是妻子向几位亲友借齐了6.5万元才买下了这台显微镜，而这笔钱在11年后才全部还清。利用这台显微镜，童第周取得了一流的科研成果。

1943年，英国剑桥大学教授、中国科技史专家李约瑟博士到中国考察，他来到了童第周当作"实验室"的院子。当时，童第周正在太阳光下用显微镜做实验。因为使用显微镜进行实验时需要有光源，童第周住的地方没有电，只能利用太阳光在露天场地做实验。几张破旧的桌椅和一些简陋的设备，就是童第周"实验室"的所有家当！看着那台老式的双筒显微镜，李约瑟非常惊讶："难道你就是在这片空地上完成那样高难度的实验的吗？真是奇迹！在这样艰苦的条件下，写出那样高水平的科学论文，简直不可思议！"

告别的时候，李约瑟忍不住对他说："在布鲁塞尔有那样好的实验室,你为什么一定要到这样的荒地里来进行实验?"童第周微笑着回答:"我是中国人嘛。"李约瑟万分感慨地说:"对!对!中国人,有志气。"

人物档案

童第周（1902—1979），鄞县童家岙(今属宁波市鄞州区)人。中国实验胚胎学的主要创始人，中国海洋科学研究的奠基人，生物科学研究的杰出领导者，开创了中国克隆技术之先河，被誉为"中国克隆之父"。

1902年5月28日，童第周出生于一个农民家庭。18岁时，童第周考入宁波效实中学，成为一名插班生。刚考进时，他的总成绩是全班倒数第一，但他没有气馁，每天早起晚睡，在学校的路灯下读书，到了高三期末，他的总成绩名列全班第一。1923年，他考入复旦大学，后被生物奥秘深深吸引。1930年，在亲友的资助下，童第周前往比利时深造，并于1934年获得博士学位。1934年底，他回到祖国出任山东大学生物系教授。

童第周长期从事发育生物学的研究，并尽职尽责地教书育人。新中国成立后，他曾任山东大学副校长、中国科学院副院长、全国政协副主席等职。

红色之旅

童第周故居位于宁波市鄞州区塘溪镇童村。故居为晚清时期建筑。故居一楼展厅介绍了童第周的生平,二楼展厅展示了中国民主同盟概况以及盟员童第周的相关资料。童第周故居现为浙江省文物保护单位、宁波市中共党史教育基地。

"糖丸爷爷"顾方舟

1955年，江苏南通爆发了一场怪病，1680人突然瘫痪，其中大多为孩子，并有466人死亡。这种"怪病"起初症状和感冒一样，可随着时间的推移，孩子的手脚就会无法动弹。如果炎症发作在延脑（控制呼吸、心跳等生命中枢的脑部区域），孩子就可能有生命危险。这种"怪病"还在青岛、上海、济宁、南宁等城市流行，无数个家庭被恐慌笼罩着。

这一年，做病毒学研究的顾方舟从苏联学成归国，他临危受命，开始研究治疗这种疾病的方法。他带领团队，横穿中国东西部12个城市，搜集了726份粪便标本，一份一份仔细检测，终于分离并鉴别出了致病的病毒。原来，这是一种攻击人类中枢神经系统中运动神经细胞的病毒，感染之后可能会导致瘫痪。这病就是我们通常说的"小儿麻痹症"，医学上叫脊髓灰质炎。当时还没有治愈的办法，唯一的办法就是通过疫苗建立一个强有力的免疫屏障，让孩子们免受病毒的侵害。

1959年，卫生部得知一些欧美国家已经开始使用疫苗来预防脊髓灰质炎，便派遣顾方舟去苏联学习。在当时的国际医学界，有两种疫苗方案可以选择，一种是灭活疫苗，另一种是减毒活疫苗。前者安全却昂贵，需要多次接种，后者高效便宜，只需接种一次，但安全性受到质疑。考虑到当时我国的国情，顾方舟决定开发出成本低、效果好的活疫苗，并亲自从苏联带回了活疫苗样品。

1960年，第一批减毒活疫苗试制成功，但还要经过各种临床试验，最重要的便是检测人体对疫苗的反应。顾方舟把自己当作实验品，喝下了自己研制的疫苗溶液。研究室同事们见状，也纷纷效仿。一周观察期过去，一切无恙。

疫苗对成人是安全的，那么对孩子来说是否安全呢？为确保万无一失，必须在孩子身上试药。顾方舟又一次站了出来，他瞒着正在外地出差的妻子，把疫苗喂给了未满周岁的儿子。身边的同事们深受感动，也相继选择在自家孩子身上试药。对于他们来说，一个多月的观察期，每一秒都是煎熬。后来，顾方舟妻子回忆说，他突然对儿子特别关心，每天问儿子有没有不舒服，有没有发烧和腹泻？白天儿子在外面玩耍，他就在一旁悄悄看着、守着；晚上睡觉的时候，也在床边不离不弃地候着。其中的紧张与担忧，也只有顾方舟自己能够体会。一个月后，孩子们生命体征正常，临床试验顺利通过。

1960年底，首批500万人份疫苗在全国11个城市推广。投放了疫苗的城市，该病的流行高峰纷纷削减。顾方舟明白，要建立一个真正强大的免疫屏障，各地的疫苗接种率都要在95%以上。中国这么大，要实现这个目标很难。孩子们最怕打针吃药，防疫人员就把疫苗滴在甜甜的饼干或馒头上，可这样做太麻烦，而且疫苗的运输和储存都有严格的温度要求，怎样才能制造出既便于孩子服用又便于储运的疫苗呢？

"卖汤圆了！"窗外的叫卖声吸引了顾方舟，他突然来了灵感，可不可以像滚汤圆一样，把疫苗滚成糖丸呢？经过反复探索实验，糖丸疫苗终于诞生了。在保证活疫苗效力的前提下，糖丸疫苗的保存期得到了延长，为广泛推广提供了方便。同时，为了让偏远地区的孩子也能用上糖丸疫苗，顾方舟还想出了一个"土办法"进行运输，那就是将冷冻的糖丸放在保温瓶中。一颗小小的糖丸，凝聚着顾方舟毕生的心血，饱含着他对孩子们的爱。2000年，顾方舟作为代表，在北京举行的"中国消灭脊髓灰质炎证实报告签字仪式"上签下了自己的名字。面对赞誉，他却说："我一生只做了一件事，就是做了一颗小小的糖丸。"

人物档案

顾方舟(1926—2019),浙江宁波人。中国著名医学科学家、病毒学专家,被誉为"中国脊髓灰质炎疫苗"之父。

1926年,顾方舟出生于上海。他早年丧父,母亲为了养家考取了助产士。受母亲的影响,1944年,顾方舟以优异的成绩考入北京大学医学院。顾方舟积极参与学生爱国运动,还组织同学为百姓义诊。根据当时传染病肆虐的情况,大学毕业后的顾方舟,放弃了当一名医生,转而投身公共卫生事业。

1955年,顾方舟以优异的成绩取得了苏联医学科学院副博士学位。回到祖国后,顾方舟被派往北京昌平的流行病研究所,主攻脑炎的研究。同时期,脊髓灰质炎在我国大流行,顾方舟开始进行脊髓灰质炎的研究工作。1960年,经过动物试验和人体试验,顾方舟带领团队研制出脊髓灰质炎活疫苗。1962年,顾方舟带领团队成功改进剂型,将脊灰疫苗做成一颗颗固体糖丸。自此之后,糖丸疫苗陪伴了几代中国人。顾方舟曾任中国医学科学院病毒学研究所脊髓灰质炎研究室主任、中国医学科学院医学生物学研究所副所长、中国医学科学院院长等职。

一株小草改变世界

20世纪60年代,一种叫疟疾的恶性传染病在东南亚肆虐蔓延。当时,美国正发动越南战争,战场上疟疾横行,人心惶惶,而我国也出现了较大范围的爆发。越南方面向我国求援,毛泽东和周恩来亲自指示,紧急启动抗疟新药研发项目。

1969年,从北大医学院毕业,一直在中医研究院中药研究所钻研中医药的屠呦呦临危受命,被任命为中药所课题组组长,走上了漫漫抗疟之路。

屠呦呦从中医药研究入手,广泛收集、整理历代医书,查阅群众献方,请教中医专家,仅用三个月时间就搜集了2000多个方药,对其中200多种中草药展开实验研究,但研究发现,这些中药均不能有效消灭病害。很长一段时间内,青蒿这种不起眼的植物算不上最受关注,直到有一天,屠呦呦的一个决定让它创造了奇迹。

青蒿入药有很悠久的历史。东晋葛洪所著的《肘后备急方》中说:"青蒿一握,以水二升渍,绞取汁,尽服之。"屠呦呦特别关注到"绞汁"一词,因为一般中药常用水煎煮或者用乙醇提取,但结果都不好。难道青蒿中的有效成分怕高温?经过周密的思考,屠呦呦重新设计研究方案,采用低沸点的乙醚对青蒿中的有效成分进行提取。又是多少个不眠之夜,在经历了无数次失败后,屠呦呦课题组终于证实从青蒿中提取的青蒿素是新结构类型抗疟药,实验室一下子沸腾了。

　　青蒿提取物191号动物实验大获成功后,就是关键的临床实验了,但屠呦呦却皱起了眉头,一反常态地忧心忡忡。原来,疟疾的高发期在每年的夏季,青蒿提取物191号如果要按照流程经过层层申报,征集新药人体实验志愿者,等到双盲人体实验成功,再大规模制药,前前后后几乎要整整一年的时间!屠呦呦觉

得，这实在太耽误时间了！她找到了中医研究院的领导，镇定地说出了一句令人意想不到的话："我请求用我的身体，进行人体实验。"

大家纷纷劝说屠呦呦，目前的191号还不能证明对人体无毒副作用，然而屠呦呦却对191号充满了信心，她说："我是课题组组长，我有责任第一个试药！"

屠呦呦的试药志愿得到了课题组其他同事的响应，1972年7月，三名科研人员成为首批试药对象。数日之后，从实验室里传来了鼓舞人心的消息，青蒿提取物191号对人体无明显毒副作用！屠呦呦等三名科研人员安然地从病房里走了出来，迎接他们的是大家热烈的掌声——实验获得了完全的成功！

屠呦呦课题组为青蒿素治疗人类疟疾奠定了关键的基础，科研成果得到国家和世界卫生组织的大力推广，挽救了全球范围内特别是广大发展中国家数以百万计疟疾患者的生命，为人类治疗和控制这一重大寄生虫类传染病做出了重大贡献，她本人也成为第一个获得诺贝尔生理学或医学奖的中国科学家。

人物档案

屠呦呦（1930— ），浙江宁波人。2015年诺贝尔生理学或医学奖获得者、共和国勋章获得者。

1930年12月30日，屠呦呦出生于浙江省宁波市。1946年，屠呦呦不幸染上了肺结核，被迫终止了学业。1948年，病情好转后的她进入效实中学继续学业，1950年进入宁波中学读高三。1951年，经过全国统一考试，她被北京大学医学院药学系录取。1955年毕业后，屠呦呦接受中医培训，并一直在中国中医研究院（2005年更名为中国中医科学院）工作。1969年，屠呦呦接到一个紧急任务，那就是以中药所课题组组长的身份与其他科研人员一起，研发抗疟新药。屠呦呦团队最终于1972年发现了青蒿素。

1981年，屠呦呦作了题为《青蒿素的化学研究》的报告，随后这一报告在1982年公开发表，青蒿素的发现及其疗效开始引起世界关注。2002年，世界卫生组织推荐采用青蒿素作为一线药物治疗疟疾。2011年，屠呦呦获美国拉斯克临床医学研究奖，2015年10月获得诺贝尔生理学或医学奖。屠呦呦现为中国中医科学院终身研究员兼首席研究员、青蒿素研究中心主任及博士生导师。

红色之旅

屠呦呦旧居陈列馆位于宁波市海曙区开明街26号。陈列馆以丰富的文字影像资料及珍贵实物，生动介绍了屠呦呦的事迹，展示了其为科学奉献的伟大精神。

我是属于中国的

1999年9月15日，一个宁波人从紫金山天文台台长的手中接过金光闪闪的国际小行星命名证书。从此，浩瀚无垠的宇宙中又多了一颗以中国人命名的星星，这个宁波人就是科学家谈家桢。

绿水青山滋养着慈城出生的每一个生命，谈家桢从小就是一个闲不住的孩子。他喜欢爬树，喜欢蹲着看蚂蚁搬家，更喜欢赤脚下田捞蝌蚪、捉蟋蟀，对自然与生物有着天然的亲近感。闲下来的时候，他会常常对着镜子问自己："我是怎么变出来的？""人又是从哪里来的呢？"好奇心让这个顽皮的男孩喜欢对感兴趣的东西"刨根问底"，常常会独立思考各种问题。

大学期间，谈家桢对达尔文的进化论和孟德尔的遗传学产生了极大兴趣，因此他选择主修生物学，并在研究生阶段确立了探究生命本源的学术方向，正式把遗传学研究作为毕生的事业。1934年，谈家桢远渡重洋进入仰慕已久的美国加州理工学院摩尔根实验室攻读博士学位。

在美国，当时已68岁的摩尔根指派杜布赞斯基教授具体指导谈家桢。在留美的头两年里，谈家桢过着三点一线的生活——从实验室到图书馆再到宿舍，埋头于遗传进化理论和实践的研究。他不是没有业余爱好，事实上他是那么活跃、好动，尤其喜欢竞技类体育。但只要一想起贫穷落后的祖国，一想起家中父母、妻儿企盼的目光，他的心就会马上安定下来，约束好自己。

导师杜布赞斯基教授对谈家桢非常赞赏，他希望谈家桢能继续留在摩尔根实验室一展宏图。谈家桢明白，留在美国意味着个人声望和地位都能有巨大的提升。但是，科学救国是他不容动摇的信念，他归意已决。

为了留住谈家桢，杜布赞斯基提出了一个折中方案，让谈家桢跟他一起工作一年，他希望时间能改变谈家桢的想法。一年时间很快就过去了，谈家桢向对自己寄予厚望的杜布赞斯基说了一段十分诚恳、动情的话："中国的遗传学底子薄，人才奇缺。要发展中国遗传学，迫切需要培养各个专业的人才。因此，我在这宝贵的一年时间里尽可能多地接触各个领域，多获得各方面的知识。我，是属于中国的。"

1937年，这位年轻的中国科学家做出了自己一生中最重要的选择。他放弃了留在海外的机会，毅然回国了。谈家桢接受了浙江大学校长竺可桢的聘请，任该校生物系教授。然而，谈家桢到浙大任教不久，抗日战争就拉开了序幕。战火很快烧到杭州，1940年秋，浙大理学院和农学院迁往湄潭县城，而生物系的实验室就在破陋不堪的唐家祠堂内，谈家桢带领学生在昏暗的桐油灯下，用显微镜观察果蝇和瓢虫，从事教学和科学研究。然而就是在这间"实验室"里，他发现了瓢虫色斑变异的嵌镶现象，后在国际遗传学界引起了巨大反响。

新中国成立后，谈家桢在复旦大学建立了中国第一个遗传学专业、第一个遗传学研究所和第一个生命科学学院，为国家培养了大批人才，被誉为"中国的摩尔根"。

人物档案

谈家桢（1909—2008），浙江宁波人。国际著名遗传学家，中国现代遗传学奠基人之一。

1926年，谈家桢高中毕业后被保送至东吴大学，主修生物学，1930年被推荐至燕京大学攻读硕士学位，师从李汝祺教授。1934年，他赴美国加州理工学院攻读博士学位，师从现代遗传学奠基人摩尔根及其助手杜布赞斯基。1937年8月，他放弃国外优厚的待遇毅然回国，被聘为浙江大学生物系教授。谈家桢曾任复旦大学副校长，1980年当选中国科学院院士（学部委员）。

谈家桢从事遗传学研究和教学70余年，发表学术论文100余篇，在相关研究领域有着开创性成就，他发现的瓢虫色斑变异的嵌镶现象，是经典遗传学发展的重要补充和现代综合进化理论的关键论据。他还为我国遗传学研究培养了大批优秀人才。

红色之旅

谈家桢生命科学教育馆位于宁波市江北区慈城镇尚志路7号。馆内设四个展厅，从故乡与童年、少年的天问、生命的密码、闪耀的行星、永远的华章等多个维度，介绍了谈家桢的生平和成就，并陈列了许多谈家桢生前的手书和物品。

附录一 宁波市中共党史教育基地名录

序号	级别	名称	地址
1	省级	大革命时期中共宁波地委旧址纪念馆	海曙区解放南路206弄17号
2	省级	宁波樟村四明山革命烈士陵园	海曙区章水镇振兴中路66号
3	省级	朱枫烈士纪念楼（故居）	镇海区镇海中学内
4	省级	张人亚党章学堂、故居及墓	北仑区霞浦街道霞浦中路210号
5	省级	宁波和丰工人运动纪念馆（和丰纱厂旧址）	鄞州区江东北路317号
6	省级	沙氏故居	鄞州区塘溪镇沙村
7	省级	奉化烈士陵园	奉化区惠政西路60号
8	省级	卓兰芳纪念馆	奉化区松岙镇海沿村
9	省级	浙东（四明山）抗日根据地旧址群	余姚市梁弄镇
10	省级	中共浙东区委成立旧址	慈溪市观海卫镇昌明村宓大昌大屋
11	省级	杨贤江故居	慈溪市长河镇贤江村
12	省级	中国共产党慈溪历史馆	慈溪市白沙路街道科技路999号
13	省级	柔石故居	宁海县跃龙街道西大街柔石路1号
14	省级	梅花村会议纪念馆	宁海县岔路镇白岭根村葛希曾家

续表

序号	级别	名称	地址
15	省级	殷夫故居	象山县大徐镇大徐村
16	市级	梅园革命史迹陈列馆	海曙区鄞江镇建岙村
17	市级	后屠桥革命烈士陵园（后屠桥战场遗址）	海曙区集士港镇新后屠桥村
18	市级	明州双英亭	海曙区解放北路中山广场内
19	市级	龙观乡革命史迹陈列室、抗日战争解放战争革命遗址纪念碑	海曙区龙观乡李岙村、龙观乡五龙潭风景区
20	市级	横街镇革命史迹陈列馆	海曙区横街镇朱敏村
21	市级	宁波开明街鼠疫灾难陈列馆	海曙区天一党群服务中心
22	市级	袁牧之故居	海曙区杨家桥巷1号
23	市级	庄桥革命历史纪念馆	江北区庄桥街道孔家村
24	市级	慈湖烈士陵园	江北区慈城镇环湖路7号
25	市级	金沙岙战斗纪念碑	江北区慈城镇金沙村
26	市级	桃花岭战斗纪念碑	江北区慈城镇金沙村
27	市级	冯定故居（真理目）	江北区慈城镇尚志路3号
28	市级	镇海革命烈士陵园	镇海区九龙湖镇黄狼山南
29	市级	陈寿昌烈士纪念馆	镇海区招宝山街道聪园路595号
30	市级	中共慈镇县工委遗址（思源亭）	镇海区九龙湖旅游度假区内

续表

序号	级别	名称	地址
31	市级	镇海口海防历史纪念馆	镇海区招宝山路10号
32	市级	张困斋烈士纪念亭（困斋亭）	镇海区镇海中学内
33	市级	北仑革命烈士纪念馆	北仑区霞浦街道方戴村
34	市级	蔚斗小学旧址	北仑区戚家山街道
35	市级	戴家岙革命烈士陵园	北仑区白峰镇勤山村
36	市级	大榭革命烈士陵园	北仑区大榭岛横峙岭南坡
37	市级	胡焦琴烈士纪念碑亭	北仑区柴桥街道和谐路万景山公园
38	市级	梅山盐场纪念馆	北仑区梅山大道688号
39	市级	北仑开发开放展览馆	北仑区戚家山街道
40	市级	大革命时期宁波总工会旧址	鄞州区百丈街道演武街2号
41	市级	罗浦暴动纪念碑	鄞州区咸祥镇芦浦村东入口
42	市级	童第周故居	鄞州区塘溪镇童村
43	市级	下应街道湾底村	鄞州区下应街道湾底村
44	市级	王孝和先进事迹陈列馆	鄞州区福明街道新城社区
45	市级	王鲲烈士纪念馆	奉化区大堰镇
46	市级	卓恺泽烈士故居	奉化区松岙镇山下村

续表

序号	级别	名称	地址
47	市级	巴人故居、墓	奉化区大堰镇大堰村
48	市级	壶潭交通联络站旧址	奉化区溪口镇壶潭村
49	市级	竺扬故居	奉化区方桥街道竺家村
50	市级	奉化抗日战争纪念馆	奉化区体育场路77号
51	市级	江口争夺战纪念碑	奉化区江口街道甬山上
52	市级	裘古怀烈士纪念馆	奉化区松岙镇大埠村
53	市级	四明山革命烈士纪念碑	余姚市梁弄镇狮子山
54	市级	胜归山革命烈士陵园	余姚市阳明街道胜归山社区
55	市级	陆埠钟山红色主题公园	余姚市陆埠镇钟山上
56	市级	中共余姚四明山第一支部纪念室	余姚市大岚镇柿林村
57	市级	沈乐山烈士纪念碑、陈列室	余姚市小曹娥镇乐山公园内
58	市级	肖东烈士纪念碑、陈列室	余姚市兰江街道郭相桥村前溪湖畔
59	市级	上王岗战斗纪念碑、梨洲街道革命史迹陈列室	余姚市梨洲街道上王岗村
60	市级	中共余姚县第一次代表会议旧址	余姚市阳明街道龙泉社区逊逮路144号市老年活动中心大院

续表

序号	级别	名称	地址
61	市级	侵华日军火烧长泠江史迹馆	余姚市马渚镇长泠江村
62	市级	新四军浙东游击纵队北撤点（红色十六户主题公园）	余姚市黄家埠镇十六户村
63	市级	浙东敌后临时行政委员会余上县办事处成立地旧址（成之庄）	余姚市泗门镇西大街社区望安路
64	市级	新四军浙东游击纵队后方医院	余姚市鹿亭乡晓云村
65	市级	慈溪市革命烈士纪念馆	慈溪市峙山公园内
66	市级	慈溪革命烈士陵园	慈溪市观海卫镇白洋湖的西南岸
67	市级	"三北敌后抗日第一战"纪念碑、馆	慈溪市崇寿镇崇胜村
68	市级	浙东敌后抗日根据地"海上门户"古窑浦革命历史陈列馆	慈溪市掌起镇古窑浦村
69	市级	杭州湾跨海大桥展示馆	慈溪市杭州湾跨海大桥海中平台三楼
70	市级	庵东盐工革命斗争史陈列室	慈溪市庵东镇成校内
71	市级	中共坎镇支部成立处旧址	慈溪市崇寿镇相公殿村
72	市级	浙东工农红军第一师师部旧址纪念馆	慈溪市坎墩街道费家弄
73	市级	王仲良纪念馆（燧石园）	慈溪市匡堰镇王家埭村
74	市级	山洋革命根据地纪念园	宁海县岔路镇山洋村
75	市级	宁海县烈士陵园	宁海县跃龙街道跃龙山北坡
76	市级	长街革命烈士陵园	宁海县长街镇香花山

续表

序号	级别	名称	地址
77	市级	中共宁海县委、县政府诞生地纪念碑亭	宁海县岔路镇上金村
78	市级	台东会议纪念馆	宁海县黄坛镇逐步村
79	市级	象山县革命烈士纪念馆	象山县东澄河路
80	市级	中共象山工委旧址（山海楼）	象山县新桥镇黄公岙村
81	市级	王家谟烈士故居	象山县丹西街道北山路14—16号
82	市级	"八一台风"纪念碑	象山县门前涂龙洞门山顶上
83	市级	贺威圣故居、墓、纪念碑	象山县贤庠镇海墩村、下庄溪村
84	市级	石浦延昌柑橘场烈士陵园	象山县石浦镇延昌北面山脚
85	市级	南田暴动纪念碑、亭	象山县鹤浦镇樊岙村
86	市级	陈良义烈士纪念馆	象山县高塘岛乡江北村

附录二 "百年征程·砥砺前行"宁波10条红色之旅线路

古城新韵,海曙初心之旅

宁波樟村四明山革命烈士陵园——启明小学旧址——大皎毋忘亭——蓝碧轩烈士公墓——梅园革命史迹陈列馆——后屠桥革命烈士陵园——大革命时期中共宁波地委旧址纪念馆

传承精神,江北践行之旅

慈湖烈士陵园——南联村环云湖红色印记群——金沙岙战斗纪念碑——长溪岭古道(长溪关关址)

海防堡垒,红动镇海之旅

镇海口海防历史纪念馆——中国防空博览园——安远炮台——陈寿昌烈士纪念馆——朱枫烈士纪念楼、柔石亭——九龙湖旅游度假区(九龙湖红色历史陈列馆、中共慈镇县工委遗址)——镇海革命烈士陵园

大港风姿,北仑激扬之旅

张人亚党章学堂——中国港口博物馆——总台山烽火台——宁波舟山港——镇海口海防遗址(江南部分)——北仑开发开放展览馆

继往开来,鄞州开拓之旅

和丰纱厂旧址——演武巷总工会旧址——幸福奋斗馆——朱镜我党史教育基地——周尧故居——童第周故居——沙氏故居——鄞州区英雄烈士纪念碑——山岩岭农民协会旧址

乡村振兴，诗画奉化之旅

滕头乡村振兴学院——王鲲烈士纪念馆——巴人故居——松岙红色文化园——卓恺泽烈士故居——卓兰芳纪念馆——裘古怀烈士事迹陈列馆

四明丰碑，余姚红色之旅

梁弄正蒙学堂——四明山革命烈士纪念碑——浙东红村横坎头——浙东（四明山）抗日根据地旧址群——陆埠钟山红色主题公园

昂扬奋斗，慈溪励志之旅

中共坎镇支部成立处旧址——杨贤江故居——中国共产党慈溪历史馆——三北游击司令部成立旧址——中共浙东区委成立旧址——洪魏村

缑城多娇，宁海风范之旅

山洋革命根据地纪念园——中共宁海县委、县政府诞生地纪念碑亭——西南区农代会史迹陈列馆——梅花村会议旧址——柔石故居——象宁抗暴游击队史迹陈列馆

山海峥嵘，象山破浪之旅

殷夫故居——象山县革命烈士纪念馆——陈汉章故居——日本侵略军在象山罪行陈列馆——东海半边山党建教育基地——象山影视城红色宣义实训基地——南田悬岙张苍水纪念馆（花岙兵营遗址）

后 记

《写给孩子的宁波红色故事》是贯彻落实《党史学习教育工作条例》，为宁波青少年读者量身打造的地方党史通俗读物。本书通过浅显易懂的语言，深情讲述了50名或出生、成长于宁波，或牺牲在宁波的革命烈士、英雄模范人物的故事，展现了他们坚守信念、坚贞不屈、艰苦奋斗、无私奉献的精神风貌。

同时，本书编排有精心绘制的插图与富有教育意义的红色之旅线路，力求"有料"又"有趣"。希望本书能帮助青少年读者知史爱党、知史爱国，让信仰之火生生不息、红色基因代代相传。

本书由中共宁波市委党史研究室策划编写，宁波市文化旅游研究院助理研究员光正（本名杨燚锋）执笔撰稿。中共宁波市委党史研究室主任何兴法对本书编写工作给予了全面指导，副主任刘士岭对本书内容进行了审定，宣教处相关同志负责书稿整理和编辑修改工作。在此，感谢所有为本书付出辛勤努力的领导、专家和同仁。

由于编者水平有限，加之时间仓促，书中难免存在疏漏之处，敬请广大读者批评指正。